GAEA

Gaea

葛葉——著
Nofi——插畫

風暴之子2

召喚曙光的少女

導讀——想像，從風暴中找到曙光的力量

考古學博士，卑南遺址、巨石文化研究專家　葉長庚

臺灣雖然是一座小島，卻擁有著豐富多樣的自然環境，數量極多的高山占據了這座小島大多數的面積，因此也給予許多動物、植物屬於自己不同的生活棲地。這個多樣且富饒的島嶼，自數萬年起便吸引人群來到臺灣生活，從此定居在這裡，更利用各地的資源發展出風格迥異的文化，爲這座島嶼寫下深埋土地中的史前故事。

考古學是探索沒有文字記載的過去的唯一途徑，透過發掘埋藏在地下的遺留，得以拼湊出過去的輪廓。然而，在時光的堆積下，往往能被保留下來，並被考古發現且研究的資訊十分有限。因此，考古學者除了運用各種科學分析的方法企圖尋找更多解讀過去的線索外，多少還是需要一點點想像力，才能勾勒出較爲完整的史前生活樣貌。

還記得幾年前，葛葉帶領大家走進以卑南遺址爲概念所打造的「海境部落」嗎？小黛和瓦利冒險的故事，想必比起考古學那些艱澀的學術語言，更能吸引大家想對史前文化一探究竟吧！葛葉巧妙地將卑南遺址、巨石文化、玉器交易等考古議題，融入奇幻元素——朽屍，編織

出一段發生在臺灣東部的史前冒險傳說，但您以爲災厄已止於朽屍了嗎？

三千年前，臺灣還在新石器時代晚期的階段，各地發展出許多令人驚艷且獨特的史前文化。圓山文化、芝山岩文化、麒麟文化、卑南文化、大湖文化、營埔文化，都展現出臺灣各地史前人群發展出不同的生活樣貌與文化風格，也留下許多至今仍無法解答的謎團。

其中，「岩棺」就是非常引人注目的遺跡。這種以單一岩塊製作而成的長方形凹槽，帶有貫穿內外的孔洞，一些岩棺外部還帶有方形凸起，目前皆僅在臺灣東部被發現。然而與其它巨石遺留一樣，考古學界對其眞正的用途並不清楚。

在筆者多年的巨石研究中，幸運地在花蓮豐濱．宮下遺址的發掘過程，證實了岩棺是兩千七百年前被製造的。雖然目前尚未發現埋葬死者的直接證據，但所有岩棺凹槽的尺寸皆與人體非常相符，至少可以放得下一具成年人的身體，而其外部凸起的上緣幾乎都在同一平面上，或許是爲了讓人可以站立在上方，對凹槽內進行某種與人體有關的儀式行爲。

這些來自我這位考古學者口中的資料，或許顯得枯燥無趣。但葛葉透過她的文字與想像，將考古發現的岩棺、玉器、陶器賦予新的生命，轉化成故事情節中的重要物件，對於考古學目前仍無法解釋的部分，藉由想像構築出一個嶄新的史前世界觀。

還記得枷道嗎？是否也好奇海境部落後來的命運呢？在全新的冒險旅程中，葛葉將再次帶領我們回到三千年前的史前臺灣，透過想像再次踏上一場史前的奇幻旅程。這一次，主角換成了嵐音與姬薩兒，兩位來自不同部落的女性，將攜手探索古老的祕密，感受史前生活的樣貌與情境。

海境部落、巨石部落、深谷部落外，還有極其神祕的朝光部落，皆取材自考古學發現的重要史前遺址，也是這塊土地的記憶。當我們行走在群山之間，踏過孕育生命的河流，聞著風從樹梢吹過，望著山嵐蓋上聚落，是否曾想像過去與我們同樣生活在這塊土地上的人群，如何以文化與信仰的力量，守護他們的家園與生活！

風暴之子2

目錄

楔子

最後一束日光在山頭隱沒，蒼冷的圓月悄然躍上天空，寒氣隨著黑夜快速蔓延至整片山谷。

「只剩一小段路了，千萬別在這個時候下雨啊……」

石坡部落的獵人瑟卡夫搓揉著手指，手指因為長時間緊抓繩索，腫脹得都快要失去知覺了，外加連日野宿在山林中，全身的關節也不時傳來刺痛。

不過，只要還能感受到橫架於竹籃上的獵物重量，這一切的辛苦都值得。

「大哥，今晚一定要好好喝一杯！」

走在瑟卡夫前方，手持火炬的年輕獵人拉塔咧嘴笑道，他是瑟卡夫妻子最小的弟弟，才剛成年，一臉興奮地甩著腰際的小獵袋，看起來仍顯稚氣未脫，實際上耐力也稍嫌不足，前幾天總是一副萎靡的模樣，但等逮到獵物後，又馬上恢復了活力。

總之就還是個小孩子，不過瑟卡夫並不討厭拉塔，畢竟每個人都曾有過這段時期。

「是啊，配上烤好的肥肉，剩下的就用煙燻……」

兩隻山羌和一隻山羊，完全可以稱得上是大豐收，一想到山羊油脂的香味，瑟卡夫忍不住嚥下了一口口水。

「那個……肉燻好之後，我可以多要一小塊嗎？」

拉塔囁嚅著說道，瑟卡夫瞥了他一眼，嘴角微微上揚。

「想送給誰？」

「……沒，沒有啊！」

「少來，是要送給幫你製作小獵袋的女孩子吧。」

「咦！呃……嘿嘿……」

拉塔乾笑著別過頭，若非已經入夜，肯定可以清楚看見他赤紅的耳朵。

「要答謝的話可不能只送一小塊燻肉，那女孩是大氏族的孩子嗎？」

依照對象的氏族規模不同，該採取的行動也不一樣，石坡部落是由兩個大氏族與數個小氏族所組成，大氏族人多，要注意的送禮細節也多，甚至還得顧及彼此的家人間是否曾有心結。

「不是啦……是上次一起去採野菜的……」

「唔……」

拉塔話還沒說完，就聽得瑟卡夫輕哼一聲，立即感覺到手肘被身後的瑟卡夫一把扯住，兩人同時停下腳步。

「將火熄掉。」

「怎麼了？」拉塔低聲問道，但還是立即聽從指令，他雖然年輕，卻並非無知，從小他就被叮囑，在部落外行走，危險隨時都有可能發生。

瑟卡夫伸手指向前方，拉塔抬眼望去，只見不遠處的樹下有一道人影佇立。

那道人影嬌小削瘦，半邊的身體融入陰影中，面目模糊不清，看起來極為詭異。

瑟卡夫深吸口氣，發出連續三聲長號，呼喊完後停頓了一會，便聽見遠方傳來兩聲急促的短號，那是部落聽見他發出的警戒聲而給予的回答，意思是會派人來接應。

樹下的身影，依然動也不動，靜悄無聲。

「走吧，要注意四周，未必只有一個人。」瑟卡夫說道。

拉塔點點頭，握緊手中的石矛，與瑟卡夫並肩而行，往前的道路是緩坡，部落獵人常行經此處，加上已近冬季，四周的草木並不茂盛。

又往前走了數十步，瑟卡夫將石矛交給拉塔，然後放下背上的竹籃，抓起竹弓，從箭袋中取出一支箭，拉滿弓弦。

「表明你的身分！」瑟卡夫對準人影，高聲喊道。

一直沉默的人影終於有了動作，他趨步向前，從陰影中走出，月光灑落在那人身上，原本模糊的輪廓逐漸變得清晰。

「女孩子……？」

原來，那道詭異的人影是一名披散著長髮，手提陶罐，面容姣美的削瘦少女。

瑟卡夫凝視著少女，緊握弓弦的手微微顫抖，即使確認了那道人影只是一名少女，但他並未放下戒心。

在夜晚的山林，單獨面對兩個獵人，少女的眼中竟沒有一絲一毫的懼怕。

忽然一聲慘叫。瑟卡夫猛然轉身，只見一柄長矛從拉塔的後頸刺入，溫熱的鮮血濺在瑟卡夫臉頰，拉塔躺倒在地，兩腿亂踢，血液迅速浸透了地面。

瑟卡夫鬆開弓紘，箭矢帶著破空之聲刺入襲擊者的胸膛，但襲擊者並未倒地，將長矛從拉塔頭中拔出後，立即又刺了過來。

瑟卡夫揮動竹弓撥開矛尖，然後趁隙從地上的竹籃抽出自己的石矛，連忙後退。

直到此時，他才看清襲擊者的樣貌。

襲擊者手持長矛，矛鏃在月光映照下隱隱散發青光，顯然並非普通的石矛，而是玉矛，而襲擊者暗紅色的手臂也套著玉質手環，腰際兩側各插著一把玉斧，儼然是全副武裝的戰士裝束。

但與普通的部落戰士不同之處在於，這個襲擊者沒有頭，頸部以上完全是空蕩蕩的。

「無首者……」瑟卡夫艱難地吐出襲擊者的身分，他回想起那些部落長老們述說的古老故事，非常清楚眼前的敵人有多麼危險。

倒在無首者腳邊的拉塔兩腿動作逐漸放軟，瑟卡夫知道他已經沒救了。

無首者邁著沉重而詭異的步伐向瑟卡夫逼近，腳步聲每一下都彷彿敲擊著他的心跳，瑟卡夫雙手緊握石矛，深吸一口氣後，主動迎上去。他猛力揮矛，彈開了無首者的矛柄後，用力戳刺，矛尖刺入無首者的腹部，然後快速後退。

但無首者也同時追了上來，完全沒打算給瑟卡夫喘息的時間，被戳穿的腹部對無首者似乎沒有造成傷害，傷口甚至沒有流血。

這樣的敵人，究竟要如何才能打倒？

瑟卡夫額頭滲出冷汗。他試圖躲避對方快速而凌厲的攻擊，但無首者的動作出奇地流暢，雖然沒有腦袋，更沒有眼睛耳朵，卻彷彿擁有超常的感知能力，玉矛連續戳刺，每一刺都帶著足以致命的力量。

「對了，那個詭異的女孩……」

瑟卡夫左顧右盼，只見那名帶著陶壺的少女不知何時已經走到拉塔的身邊，將手上的陶壺放置於地，然後蹲下，口中念念有詞。

與全身佩戴玉器的無首者不同，少女僅著單衣，身上並未佩掛任何玉器，連石製飾品都沒看見，唯一有的，就只有少女背後揹著的藤籠。

那種藤籠頗爲常見，通常是用來放置漁獲的容器。

「破壞藤籠。」

耳邊忽然響起了一道陌生的聲音，瑟卡夫無暇細想，視線被少女背後的藤籠吸引；籠子不斷地晃動著，裡面似乎裝著某種活物，持續地晃動牽動著籠子的繩索。

就在此時，銀光一閃，無首者的玉矛直刺瑟卡夫的胸口，他迅速俯身翻滾，矛尖貼著他的肩膀劃過，在皮膚上割出一道血痕，瑟卡夫心跳如鼓，大口地喘著氣，混雜著血腥味的泥土氣息撲面而來。

他來到了少女身旁。

一聲低吼，瑟卡夫將手中的石矛朝少女刺去，少女轉過頭，面無表情地望著他，似乎毫無閃避之意，但就在即將得手之際，瑟卡夫矛尖轉向，狠狠擊中少女背後的藤籠，藤籠在巨力下裂開一道縫隙，裡面竄出一隻小小的黑影，速度極快，在月光下化作一道模糊的影子，消失在樹林深處。

「嘖！」少女皺起眉頭，發出低沉的咋舌聲。

就在這時，瑟卡夫的背後突然感到一陣冷風，他猛然轉頭，只見不知何時出現的另一個無首者已悄然逼近，他試圖閃躲，但爲時已晚，一柄玉斧砍入他的肩膀，銳利的疼痛瞬間蔓延全身，麻痺了他的步伐，同一時間，另一支玉矛則刺入了他的側腹，他的喉嚨發出一聲悶哼，石矛從無力的手中滑落，腳步踉蹌，最終跪倒在地。

血液從傷口湧出，瑟卡夫感覺到自己的身體正迅速變得麻木，他抬起頭，看見無首者站在他身旁，接著視野倒轉，無首者粗暴地抓起瑟卡夫的雙腳，將他拖向一棵高大的樹木。瑟卡夫試圖掙扎，但已無力抗衡。

樹枝在夜色中低垂，無首者迅速地用藤枝將瑟卡夫倒吊起來，一旁的樹上倒掛著拉塔的屍體，兩人的身體搖晃著，血沿著傷口滑落，瑟卡夫感覺身體越來越輕，越來越冷，視線也開始模糊，無首者手中握著一片鋒利的石片，劇烈的痛楚襲來，他的脖頸被切割，意識在驚恐與不甘中迅速消散。

「對不起……」

彌留之際，他又再次聽到那陌生的聲音，但聲音微弱了許多，瑟卡夫最後的月光，停留在通往石坡部落的方向，在部落等待的妻子與家人，他祈求著他們能逃過這場劫難，只是他永遠無法知曉答案。

梟首完成，兩名無首者捧著拉塔與瑟卡夫的頭顱站立於倒吊的屍體旁，少女帶著陶罐走近，那只陶罐不大，底部帶有圈足，罐口至腹部以成對的豎行把手連接，比起日常用的陶罐，更像是祭器。

她從那有著雙豎把的陶罐裡，抓起灰白色、看起來像是灰燼般的粉末，分別撒在瑟卡夫與拉塔下方的血泊中，粉末接觸血液後，散發出霧氣與泡沫，彷彿像在沸騰，少女低下頭，用手攪動，那些混合著血液的粉末，便化爲濃稠的暗紅色泥灰。

隨著血液逐漸流盡，少女把混合著血液的泥灰封住兩人的眼睛與耳朵，隨後，她將兩人的首級，塞入破損的藤籠之中。

少女再次抓取陶罐中的灰白粉末撒入血泊，接著口中開始吟誦，聲音低沉而空洞，像風從洞穴中穿過，帶著讓人毛骨悚然的聲調，隨著她的聲調越發高昂，兩灘血泊竟像被某種力量驅動般翻騰起來，而倒吊的兩具身體也在吟誦聲中快速崩解，有如被蟲蛀蝕而腐朽的樹木。

片刻後，從血泊中出現了兩名新生的無首者，他們的身形與瑟卡夫與拉塔生前相似，但沒有頭顱，膚色暗紅。此時倒吊的身體已經完全消失，他們拿取瑟卡夫與拉塔掉落在地上的武器和衣物飾品，熟練地穿戴在身上。

坡道上方，隱約傳來火光閃爍，那是石坡部落派出的接應隊伍。他們說話的聲音與腳步聲正在靠近，而少女則再次將陶罐提起，隨後，她與無首者們隱沒在樹叢中，靜靜等待著隊伍的到來。

第一章・祭司之女

1

從大海盡頭吹來的風，掀起滔天巨浪，將浪頭拍向嶙峋的礁石，濺起碎裂白沫，隨即輕拂過礫石灘，翻動石子，發出沙沙的聲響。

越過深谷，風仍未停歇，它帶走溫泉的白煙，迅速上升，飛掠竹林，繞過一片灰白的死亡谷，巨石河湍急依舊，風在石縫間穿梭，驚動前來喝水的鹿群，隨著鹿群的奔馳進入獵場，攀上聖靈山的陡坡，捲起一陣薄霧，滑過長滿青苔的岩壁。

一隻熊鷹從山峰往下，展翅飛過翠綠田野，田埂邊草木隨風擺動，海境部落的家屋群櫛比鱗次地坐落於此，巨大石柱撐起木樑，上方鋪設著層層疊疊的稻草。

「拿到啦！」

某棟家屋的屋頂響起了響亮的歡呼聲，一個男孩蹲在屋頂上，手中捏著剛剛撿起的熊鷹羽毛，羽毛修長，羽軸弧度優美，帶著微弱的金褐色光澤。羽片從深棕色漸變至末端的黑色，紋理細緻而清晰。

「阿帝斯，下來。」下方傳來叫喊。

被稱爲阿帝斯的男孩將羽毛插進腰帶，俐落地爬向屋邊，順著屋棚迅速地滑下去。

家屋的屋門敞開，屋內生著火堆，一個男人背靠石柱而坐，男人相貌英挺，卻一臉百無聊賴地用木棍撥弄著炭火，火堆旁串有一塊鹿肉，石柱邊則擺著酒甕與斟滿酒的兩只竹杯。

阿帝斯走進屋內，在靠近門口的火堆邊坐下。

「你在屋頂撿了什麼？」男人開口問道。

「沒什麼啊。」

「騙人，是什麼漂亮羽毛之類的東西吧？我們以前也常常爬上屋頂去找……給我看看。」

男人露出一臉懷念的表情向阿帝斯伸手，不料阿帝斯連忙搖頭。

「大人不可以搶小孩子的東西喔。」

「喂喂！我會是那種人嗎？」

「我哪知道馬沙叔叔是怎樣的人？」阿帝斯聳聳肩。

面對阿帝斯的反應，馬沙爲之氣結，偏又無計可施，總不能眞的硬搶，搶贏了丟臉，落個欺負小孩的名聲，搶不贏更丟臉，阿帝斯雖然才十二歲，但腳程可以說是部落小孩子中數一數二快的，馬沙雖然不認爲自己會輸，可是也不願意冒這個風險。

更何況，阿帝斯很會動歪腦筋，要是追他的過程中，中了他的詭計那可就糗大了。

這小鬼簡直就跟他爸爸一模一樣！

馬沙默不作聲地將火堆旁的鹿肉移開，放在芋葉上，然後以石片割下一小塊已經熟透的部分，再以竹枝串起，遞到阿帝斯面前。

「想吃嗎？」

「我不要交換！」阿帝斯大聲說道。

「知道啦，我才不想要你的東西咧，給我看一眼就好。」

面對在眼前搖晃的鹿肉，阿帝斯吞了一口口水，終於點了點頭，伸手接過肉串。

心滿意足地吃完肉串後，阿帝斯才小心翼翼地將藏在腰帶內側的羽毛取出。

「喔喔！是熊鷹的羽毛啊，你的運氣眞好。」

馬沙驚嘆道，如同雲豹是海境的守護神，熊鷹則是天空的守護神，是部落獵人絕不會出手的對象，所以想取得熊鷹的羽毛，都只能憑運氣撿拾。

「看完了？我收起來囉。」

看見阿帝斯快速地把熊鷹羽毛插回腰帶中，馬沙嘆了口氣。

「你也太小氣了？這樣要怎麼成爲了不起的海境獵人？」

「這叫謹愼，我寧可當個謹愼的海境獵人，也不要像馬沙叔叔一樣變成遊手好閒的人。」

「這臭小鬼……我怎麼樣遊手好閒了？」

「天氣這麼好，你卻沒去狩獵，也沒在製作獵具，只會躲在家屋裡烤鹿肉和喝酒，這就是遊手好閒吧……而且……」

阿帝斯抬頭，環顧家屋內部。

「這裡根本不是馬沙叔叔的家屋吧，為什麼要一天到晚待在這？」

「囉嗦！沒人住的家屋要是不常常生起火堆，竹子和木頭很容易長蟲，長了蟲的話，家屋就會垮掉啊！」

「可是你一直待在這裡，你自己的家屋不會長蟲嗎？」

「哼哼！這就不用你擔心了，我的家屋有菈薇亞在，再小的蛀蟲都不可能進得去。」

菈薇亞是馬沙的妻子，是個勤奮手巧、擅於編織，一手帶大四個小孩的母親，阿帝斯聞言點了點頭。

「這倒是，菈薇亞嬸嬸很厲害，也很會料理，和馬沙叔叔完全不一樣。」

「你這傢伙太沒禮貌了吧！你爸爸沒教你要尊敬年長者嗎？」

馬沙瞇起眼睛，一臉不悅。

「我是不會跟其他大人說這些話啦，但跟馬沙叔叔這樣講話沒關係……」

「為什麼？」

「因為馬沙叔叔不會為了我講的話生氣啊，如果你會扭著我的耳朵去找我爸爸抱怨的話，那我以後就會表現得很尊敬你，不再這樣跟你說話了。」

「別開玩笑了！要是去找你爸爸抱怨，又要被他嘮叨個沒完沒了，還會被他塞一大堆工作，比較起來，我還寧可被小孩子消遣。」

「你是狩獵團副長，被塞一堆工作也是應該的吧？」

「副長不只我一個，我沒做總有其他人會做……再說又不是我自己想當副長的。」

「沒辦法，爸爸說要是沒幫你找事情做，你肯定會一直偷懶，像個廢人一樣度過一生，那樣菈薇亞嬸嬸就太可憐了。」

「說那什麼話！卡修那傢伙當了狩獵團團長就得意忘形了嗎？本來團長的位置根本輪不到他……」

「那原本團長應該是誰？」阿帝斯訝異地問道。

「當然是塔木拉，跟他比起來，你爸爸根本就和毛毛蟲一樣弱。」馬沙一臉自豪。

「我不喜歡你這樣說我爸爸。」

「你剛剛也把我說得很難聽，就當作扯平了吧。」

馬沙嚼著鹿肉說道，阿帝斯瞪著他，思索著塔木拉這個名字，似乎曾在哪裡聽過。

「塔木拉……啊！是這間家屋原本的主人……他很強嗎？」

「廢話！他壯得跟山一樣，連他的爸爸也超級強壯，可惜他們父子感情不好……我告訴你，塔木拉的爸爸可是以前部落戰爭的英雄人物，而塔木拉則是在朽屍入侵時獨自一人對抗好幾隻朽屍的勇士。」

朽屍是受到詛咒的邪惡生物，相傳是遠古時代的先民濫用力量遭到反噬所致，它們全身灰白，像是包覆著皮的骷髏，眼睛散發著微弱的螢光，只要被它的身體碰觸到就會被詛咒，被詛咒的傷口會發黑，有如燒焦一般，並且不斷侵蝕，直到死亡爲止。

在阿帝斯出生前兩年，死亡谷的朽屍肆虐，造成海境部落受到重創，幸好最後遠征隊和深谷部落戰士團帶回了可以消滅朽屍的玉製武器，以及祭司們召喚了風暴和祖靈協助，朽屍才得以剷除。

馬沙和阿帝斯的父親卡修當時正是遠征隊成員，所以對阿帝斯來說，朽屍的故事他從小到大已經聽過無數遍了。

「塔木拉可不只活著的時候對抗朽屍，他在成爲祖靈後，也以雲豹之姿擊退朽屍的攻擊，這哪是你爸爸可以比得了的？更別說卡修那傢伙居然還在戰鬥時發呆，要不是我救了他……」

馬沙滔滔不絕地講述塔木拉的英勇，還不忘數落卡修一頓。

「而且，要論當狩獵團團長的資格，在塔木拉之後，也不會是卡修啊，再怎麼樣也是瓦利吧……」

「瓦利叔叔？可是他以後會成爲頭目，怎麼有辦法領導狩獵團？」

在海境部落，頭目是由祭司的配偶所擔任，海境部落的祭司共有三人，分別是最年長的芭黛，以及芭黛的女兒法甌，還有法甌的女兒黛拉絲，而黛拉絲的妹妹烏娜可目前仍是學徒，也即將成爲祭司。

部落現任的頭目枷道是法甌的丈夫，雖然在對抗朽屍時斷了一隻手臂，但身體依然強健，而黛拉絲的丈夫則是瓦利，他是前任狩獵團團長的孫子，也是狩獵團的副長之一。

對於阿帝斯的疑問，馬沙輕哼了一聲。

「我說的瓦利才不是那傢伙……」

「咦？」

「算了……說太多了，你要不要再一塊鹿肉？」

馬沙又開始切割起鹿肉來，對此，阿帝斯搖了搖頭。

「雖然烤鹿肉很好吃，不過不用啦，我要拿羽毛去給嵐音看。」

「嵐音……喔……小黛的女兒啊，你加油吧，小心別讓來路不明的男人把她拐走了。」

馬沙口中的小黛就是黛拉絲，一開始只是氏族長老和家人對她的暱稱，後來不知道從什麼時候開始，部落裡的人都以暱稱叫她。

「馬沙叔叔你喝太多酒了，哪有可能發生這種事。」

阿帝斯皺眉說道，但馬沙沒有回應他，依然低著頭割鹿肉。

直到阿帝斯的腳步聲遠去，馬沙才伸手抹了抹臉，眼眶微微泛紅。

那兩只竹杯內的酒，並不是爲自己斟滿的。

「這些傢伙……每個都走得這麼快，丟下我一個人……」

2

太陽逐漸西斜，炊煙在家屋間升起，阿帝斯口中嚼著剛剛被鄰家婆婆塞進嘴裡的一大塊醃肉，芋頭的香味充滿鼻腔，眼睛因爲醃肉特有的酸而瞇了起來。

對於今年春季剛滿十二歲的阿帝斯來說，海境部落的每一天都充滿著興奮、雀躍與期待。身爲狩獵團團長卡修的長子，他的體格結實，動作靈活，精力旺盛得驚人，從日出到日落都閒不下來。他喜歡攀爬樹木、翻越溪谷、在野地奔跑，或是往河流上游溯源，手肘與膝蓋上總帶著幾道新舊不一的擦傷。

和許多聰明伶俐的孩子一樣，他也有不太遵守規矩的一面，像是帶著一群小孩子去看死亡谷的朽屍，海境部落裡的大人仍對前幾年的恐懼記憶猶新，所以那次阿帝斯被卡修狠狠地修理了一頓。

但過沒幾天，阿帝斯又帶人去海岸，他們是趁著大人們在處理農作物的時候偷偷溜去，本來應該是不會被發現的，只是原本說好不撿任何東西，但還是有幾個小孩私藏了貝殼。

當那些貝殼被陳列在阿帝斯眼前時，阿帝斯百口莫辯，只得乖乖接受處罰，但處罰完後，沒有人相信這個孩子會就此痛改前非。

阿帝斯步行至狩獵小屋附近，停下了腳步，快速躲到一棵樹後，然後探頭看出去，在小屋外有兩個男孩——枇亞和霧顏，兩人年紀與阿帝斯相仿，從小就玩在一起。

他們正在處理攤在石板上的鹿皮，高大的枇亞蹲在地上，賣力揮動著手裡的石片，要將鹿皮上多餘的脂肪和肉屑刮除，但似乎用力過度，導致鹿皮被刮到破破爛爛的，讓他急得滿頭大汗。

相較之下，個子瘦小的霧顏進度似乎快上許多，他進行作業的同時一邊用嚴厲的語氣糾正枇亞的動作。

在兩人身後負責監視的，是比他們大了好幾歲的狩獵團年輕獵人伊布，他一臉悠哉地坐在屋簷下，將苧麻的外皮刮絲，那是準備用來製作弓弦的材料。

阿帝斯沒有過去幫忙，首先他今天沒有多餘的時間，況且前幾天才因爲幫那兩人做了太多工作而遭到伊布責罵。

你不是幫忙，而是搶了他們的學習機會。

耳邊似乎又響起伊布的苛責聲，阿帝斯收回視線，走到小屋後方的砌石牆，牆邊架著一座石梯，這座石梯是由整塊巨石削鑿而成，高度約到成人的胸口，表面因長年踩踏而變得光滑。

爬上石梯後，他穿過一大片苧麻叢後進入竹林，苧麻的葉片粗糙，邊緣帶著細微的鋸齒，擦過皮膚時留下輕微的刺癢感，他屈膝鑽入竹林內的小徑，空氣中充斥著竹葉特有的香氣。

竹林內比外頭陰暗，陽光從竹葉縫隙透進來，在地上投下散亂的光點，風吹過，枝葉沙沙作響。

走至深處，地面滿是濕軟的泥土，上面覆蓋著枯黃的竹葉與筍殼，溪澗的聲音逐漸清楚，水流順著石縫滑過，發出細碎的聲響，但仔細聽，便可聽見還有一道聲音，與流水聲交織在一起。

阿帝斯停下腳步。

那是嵐音的歌聲，稚嫩而清澈，又如同微風一般地輕盈，溫柔得彷彿是在和溪流低語。嵐音蹲在溪邊，長髮隨著動作滑落肩側，髮絲因水氣微微貼合在臉頰上，陽光從葉片間隙篩落，經由水面反射，在她小腿的肌膚上映照出斑駁的光影。

不知過了多久，她突然轉過頭，看見阿帝斯愣愣地站著，歌聲隨即止歇，接著她的臉頰泛起紅暈，嘴角微微揚起，笑了。

「這首歌我沒聽過。」

阿帝斯來到嵐音身邊坐下，一旁的石板上擺滿了藥草，嵐音正在清除藥草上的泥土，並將乾淨的藥草放入藤籃內。

在嵐音的手掌掌背上，有一道道藍黑色的紋印，紋印一路沿伸至戴著玉石手環的手腕上，這是立誓成爲海境祭司的證明。

「是芭黛婆婆今天唱的，我稍微記了一點段落。」

嵐音說著便將手指伸入溪水，輕輕劃過水面，然後低聲哼唱起剛才那首歌，水面隨著音律微微顫動，水在她指間凝聚爲一滴水珠，靜靜停在指尖上。

她繼續哼唱，水滴開始隨著旋律移動，沿著她的指節繞行至手背，卻不墜落，就像芋葉上的露珠，輕盈而靈動；光線集中在那顆水珠上，折射出細碎的光點，阿帝斯看得目不轉睛，忍不住向前探身。

「這是怎麼做到的？」他低聲問道，語氣裡帶著壓抑不住的興奮，甚至連他要給嵐音看的熊鷹羽毛都忘了。

嵐音一笑，讓水珠重新回到指尖，接著歌聲停止，她手指一彈，水珠隨即落到阿帝斯的鼻頭，將其沾濕。

然後滴落在地。

「芭黛婆婆說，很久以前，每個人都能學會和水對話，並用歌聲的音律起伏讓水活動。」

嵐音笑著用手指抹去沾在阿帝斯鼻頭的水滴。

「眞的嗎？」

「而且不只是水喔，能對話的還有火焰、岩石、風……總之自然萬物都有自己專屬的語言，其中也有不是依賴聲音對話，而是用身體動作溝通的。」

「用動作溝通？」

「像是影子之類的吧，只是後來能跟萬物對話的人越來越少，最後只剩下非常少的人能擁有這樣的能力，而這些人，就成了第一代的祭司。」

「眞可惜，我還以爲我也可以像妳那樣操控水。」

「想試試看嗎？」

「妳剛剛不是說只有祭司能夠……」

「凡事都有例外嘛，而且祭司其實也沒辦法學會所有的溝通方式，光是學會一種就得花上不少時間，要精通就更久了，所以能增加與萬物溝通的人肯定是件好事。」

「這樣啊，那要怎麼做？」

阿帝斯搔了搔頭，但臉上已經滿是期待。

嵐音看著他，微微一笑。

「對話是從聆聽開始的，如果聽不懂，就什麼也做不了。」

阿帝斯點點頭，便依照著嵐音的指示，閉上眼睛，將耳朵貼近水面，專心聽著溪水流動的聲音，水流輕輕拍打石頭，發出細微的聲響，偶爾有葉片滑落，掉進水面，激起小小的漣漪，他屏氣凝神，想從中找出什麼規律，但除了水流聲，他沒聽見任何特別的聲音。

「呃……怎麼樣算是聽懂？」阿帝斯開口問道。

嵐音沒有回話，他皺起眉，偷偷睜開一隻眼睛，發現嵐音正看著他，用手摀住自己的嘴巴，但臉頰正微微抽動，兩眼彎成弦月，似乎在極力克制，避免發出聲音。

阿帝斯愣了一下，立即反應過來。

「妳騙我！」

嵐音終於忍不住，大笑出聲。

「沒有騙你啦，是眞的要聽水流聲，只是自己做還沒什麼，但看到你這麼專心的樣子就覺得很好笑，芭黛婆婆一開始也是這樣捉弄我的。」

「那妳後來眞的聽懂水在說什麼了嗎？」

「當然啦！不過是在聽了十一個月亮盈虧的時間之後才聽懂。」

「十一個月亮盈虧……要那麼久？」

阿帝斯張大嘴巴，過了好一會才闔上，嘆了一口氣。

「所以眞的得從聆聽開始……」

「是啊，你還要繼續聽嗎？」

嵐音忍著笑，阿帝斯瞪了她一眼，悶悶地轉過頭，盯著溪水看了半晌，最後撿起一顆小石子，丟進水裡，水面頓時激起水花。

「它現在是不是在說『好痛』？」

「可能喔。」

3

巨石河從大地山脈深處蜿蜒而來，河道寬闊，即使入冬後水量減少，卻依舊湍急，水流沖刷礫石，發出沉重的轟鳴聲，翻捲的泡沫夾雜砂礫，形成一道道灰色的水紋，彷彿乾枯的樹皮。

開闊的河谷兩岸散落著被河水打磨光滑的圓石，沙洲因爲水量下降而裸露，林地依舊蒼翠，但樹葉間已透出少許金黃，落葉隨風飄進水裡，被流水沖走，空氣微寒，強風吹過谷地，夾雜水聲與枝葉顫動的聲響，有如猛獸的低吼。

往上游走，河道拐彎處，水勢更爲洶湧，岸邊露出的板岩岩層，層理清晰，稜角因風化而鈍圓，顯露出長年侵蝕的痕跡。

海境部落的採石場就位於這片河岸，岸邊的岩壁被整齊切割，露出嶄新的斷面，四散的石塊間留有剛被鑿斷的碎屑，地面上則排列著去除枝葉的竹筒，用來搬運剛裁切好的巨大石板。

河谷中，傳來一陣吆喝聲。

「喂！你們越來越偏左邊了，想到河裡去游泳嗎？」

狩獵團團長卡修一邊搓揉著自己因爲用力過度而痠痛的肩膀，一邊對著拖曳石板的隊伍發出指令。

「左側的一個人換到右側去，負責放竹筒的小組動作加快，再慢吞吞都要天黑了，但負責拖繩的小組慢一點，左右兩側要配合，穩穩地往前……」

話還沒說完，拖繩組左側就有人跌倒了，還順帶絆倒了兩個人，同時間右側的拖繩組卻沒有停下，導致石板整個被拉向右側，直接滑落地面。

「乾脆我自己下去拖算了……」卡修嘆了口氣，但馬上搖了搖頭。

組成這支隊伍的都是十幾歲、剛成年的年輕獵人，才在獵季大展過身手，每個人的尾巴都翹得比獵犬還高，也因此都力求表現，完全不想被比下去。

結果就是動作亂七八糟，毫無默契。

卡修跑上前去，確認跌倒的那三人沒有受傷後，把右側的拖繩組痛罵了一頓，然後重新確認繩索有無鬆脫，親自帶隊將石板拉回排列的竹筒上。

終於，隊伍調整步伐，總算步上正軌，卡修看向一直在身旁等待的伊布。

「接下來就交給你了。」卡修拍了拍他的肩膀。

「慢一點沒關係，注意不要有人受傷。」

伊布點頭，目光銳利地掃過這群年輕獵人，他雖然還不到二十歲，但對自己與他人的要求都極爲嚴格，最重要的是他不會因私交而輕易縱容隊伍裡的成員。

卡修目送他們往下游的方向離去，轉身回到採石場，剛走到樹蔭下，他便長長吐了一口氣，手指按著些微發疼的額頭。

看著這些愛現的臭小鬼，好像看到以前的自己。

正嘀咕著，忽然旁邊遞來一支裝滿水的竹筒，卡修抬起頭，看到狩獵團的副長瓦利站在身旁，臉上帶著一如既往的微笑。

「辛苦了。」

卡修接過竹筒，一口灌下大半，抹了抹嘴角。

「你那邊進行的怎麼樣？」

「應該還能再裁幾塊石板，全部做完後會去幫馬沙他們鑿孔，明天開始就能加入拖曳的隊伍了。」

瓦利負責帶領裁切石板的隊伍，因爲裁切石板必須要有辨別岩石紋理的能力與經驗，所以這一隊都是資深的獵人，裁下來的石板則交由馬沙帶領的隊伍鑿孔以便穿繩綑綁，最後再由卡修指揮的拖曳隊把石板拉回部落。

此次採石板的作業已經接近尾聲，最先結束工作的瓦利並不能去休息，因爲三項工作中最耗費體力的其實是拖曳隊，而連續幾天下來，雖然拖曳隊中都是身強體壯的年輕人，卻也已經略顯疲態，只是沒有人肯喊累罷了。

「謝啦！人手是越多越好。」卡修笑道。

這時，一道聲音響起。

「如果需要人手的話，我們也可以幫忙喔！」

卡修和瓦利轉頭望去，說話的人是阿帝斯，在他身後還跟著霧顏和枇亞，他們每個人的身上都掛了好幾支竹筒，顯然是剛去取水回來。

「你們就不必了，乖乖把水送來就好。」卡修冷冷地說道。

「可是我力氣已經很大了！」阿帝斯一臉不服氣。

「拖石板又不是只靠力氣，你個子還不夠高，等個兩三年後再來吧。」

「跟身高有什麼關係？」

「要是現在就讓你去拖石板，一個不小心被石板壓到，以後都長不高怎麼辦？你想要成為海境最矮的獵人嗎？」

「被石板壓到就會長不高……真的嗎？」個子最矮小的霧顏有點緊張地問道。

「當然是假的，我爸爸最愛騙人！」

「不不不，當然是真的。」卡修搖搖頭，一臉嚴肅。

「因為被石板壓到就會死掉，死掉的人怎麼可能繼續長高。」

「可是石板是放在竹筒上拖的，哪可能壓到人？」阿帝斯蹙著眉頭。

「只要抓緊繩子，控制好方向，不就沒問題了嗎？」

「你真的這麼想？」卡修冷哼一聲。

「那你告訴我，回到部落前的路，地形是什麼樣的？」

「不就是沿著河谷，一路拖回去？」阿帝斯一愣。

「才不是。」卡修雙手抱胸，盯著他說：「河谷這段確實是順坡，拖石板相對輕鬆，但離開河谷後，往部落的方向走，就有許多崎嶇的地形、還有凸起的岩石，而且別忘了部落是位於山坡上，路上會有好幾段陡坡，用走的感覺沒什麼，但如果是拖著相當於幾十個大人重量的石板，那就非常危險，你連這都沒想過，就只想出風頭？」

面對卡修的斥責，阿帝斯正要反駁，這時瓦利突然開口。

「阿帝斯，你開始學習狩獵的時候，第一課是什麼？」

「……從製作獵具、設置陷阱開始。」阿帝斯轉頭看向瓦利，一臉不情願。

「沒錯，那時候你學習如何烤箭桿、怎麼固定箭鏃、設置陷阱，這些都是狩獵的基礎，這些你學了多久？」

「……一年多。」

「後來呢？等你真正跟著狩獵團出去圍獵時，又是怎麼做的？」

「先在後方觀摩，跟著獵人一起行動，學習分辨不同動物的獸徑與糞便，獵人負責正面對付獵物，我們則在後面聽從指令。」

「所以，當時的你雖然學了一年多的基礎，但也沒有直接上場，而是先在獵人的保護下觀察、學習。這段時間所累積的經驗，讓你現在圍獵時，已經被允許攻擊獵物，因爲你在學習的同時，我們也在觀察你，確認你是否可以信任。」瓦利看著他，語氣變得嚴肅。

「那麼，如果有個人，連獵具都還沒學會製作，就急著說要進獵場，甚至覺得自己能跟獵人並肩作戰，你會覺得他是什麼樣的人？」

阿帝斯愣了一下，沒說話，他低著頭，雙手緊握著竹筒背帶，用力捏了幾下，接著抬起頭來。

「那種人是自不量力的笨蛋！對不起，瓦利叔叔，我不會再堅持了。」

「我相信你以後一定能幫上不少忙，但幫忙送水的後勤工作也很重要，而且做這些工作的同時也要好好觀摩，了解各種任務的危險性，畢竟再過兩三年你就要加入拖曳的隊伍了，況且……」

瓦利拍了拍阿帝斯的肩膀，指著幾個從河谷下游慢慢靠近的人影。

那是嵐音和她的母親小黛，還有跟在她們後面的一群年輕女孩，她們來送餐點，順道摘野菜。

「比起拖曳石板，我想你可能更願意帶嵐音去採藥草，她很少來這裡，應該需要一個嚮導。」

阿帝斯眼睛一亮，連連點頭，正準備跑開時，又被瓦利一把拉住。

「不用我多說，你知道哪些地方不能靠近吧？」

「知道啦！不能去那裡對吧？」阿帝斯指著巨石河的另一側河岸。

河岸另一側，是巨石部落的地盤，很久以前，海境部落與巨石部落曾爲兄弟盟邦，但後來反目成仇，演變爲部落戰爭，戰爭後巨石部落再也無法踏足巨石河以南的獵場。

近年來情勢較爲緩和，在海境部落的頭目枷道主導下，會互相派出使者訪問，減少誤會與摩擦發生，雖然基本上仍是互不相犯，但至少建立起一些聯絡的途徑了。

「不只那裡，還有下游也不行，連站在岸邊眺望都不准。」瓦利補充道。

「你是說死亡谷？我才不會帶嵐音去那裡咧，朽屍又沒什麼好看的。」

「如果沒什麼好看，那你上次帶那麼多人跑去那裡幹麼？」卡修吐槽。

「……就……就是因爲看過了，才知道那沒什麼好看的啊，而且芭黛婆婆早就帶嵐音去看過了……反正我們不會靠近那裡啦！」

說完，阿帝斯便手忙腳亂地把身上裝滿水的竹筒掛上樹枝，然後往嵐音的方向快步奔去，而霧顏和枇亞早就已經掛好了竹筒，也跟著阿帝斯離開。

「這小子也太聽你的話了，我說話他就一直反駁。」

看著阿帝斯等人的背影，卡修一臉不悅。

「我覺得那是你的錯喔。」瓦利笑道。

「咦！爲什麼？」

「明明就可以好好解釋清楚，你卻故意用嘲弄的口吻激他，你都這麼幼稚了，那阿帝斯也不可能表現成熟了吧？」

「你……你也對我太嚴厲了吧！明明那個臭小子給我找了一堆麻煩。」

「畢竟你是大人嘛，標準當然跟小孩子不一樣，況且……我印象中你小時候也曾去死亡谷偷看過朽屍。」

「哈！那次是小黛帶頭的，別想賴在我身上。」

卡修大笑，像是喚醒了久遠的記憶，此時一道清亮的嗓音在兩人身旁響起。

「什麼事情是我帶頭的？」

提問的是小黛，雖然身爲海境祭司，但她背後的竹籃上卻掛著竹弓與箭袋，手上還拿著一支長矛，矛頭是玉石所製，隱約透出碧綠色的光。

颯爽的身姿，難以想像她已經是三個孩子的母親。

「露珀幫你準備的，阿帝斯的份在嵐音那裡。」小黛卸下竹籃，把籃內的兩個竹葉包裹塞到卡修手上。

「這味道……是醃豬肉啊！」卡修拆掉繫繩，打開竹葉，只見內部是好幾塊充滿脂肪的豬肉，帶有淡淡的芋香，而且為了卡修的喜好還特別烤過。

「大呼小叫什麼，又不是第一次吃醃豬肉。」

伴隨著冷淡的語氣，負責帶領鑿孔隊伍的馬沙臭著一張臉出現在卡修身後，趁著卡修轉頭的瞬間，伸手捏走一塊烤醃豬肉，放入嘴中。

「……味道還不錯。」馬沙咀嚼著。

「你這傢伙！給我吐出來。」卡修一手扼住馬沙的脖子。

「囉嗦！只是一塊醃豬肉而已，大不了我等一下還你一塊芋頭。」

「……菈薇亞只幫你準備了芋頭？」

「沒辦法，一大早就惹她生氣……因為我昨晚不小心在阿塔的家屋睡著了……」

卡修眼中露出一絲憐憫，放鬆了力道，馬沙掙脫後，立即將那塊醃豬肉吞了下去。

然後，他從小黛手中接過一個竹葉包裹，嗅了一下。

「是什麼？」卡修問道。

「看來她氣消了……」馬沙低著頭，露出微笑。

「很好，不管是什麼，還我一塊，不然就換我生氣了。」

聽見卡修的話，馬沙抬起頭，右腳往後退了一步，接著快速轉身，想要逃跑；但卡修的速度更快，伸手一抓就抓住馬沙的肩膀，硬用蠻力將他拖了回來，馬沙見逃跑不成，順勢撞上卡修，伸腳一絆，兩人同時倒地，不過兩人雖然跌倒，竹葉包裹卻依然牢牢抓在手中。

卡修壓在馬沙身上，試圖扳開他的手，馬沙見狀縮起身體，兩手死命護住竹葉包裹，雖然以力氣來說是卡修大得多，但終究只有一隻手能用，一時間，兩人僵持不下。

「你這小氣鬼，不過就是塊醃豬肉而已！」

「少囉嗦，還我一塊，你這傢伙吃竹葉就夠了！」

相對於吵得不可開交的兩人，坐在一旁的瓦利和小黛則早已將餐點發送完畢，開始悠閒地吃起手中的醃豬肉。

醃豬肉的酸味滲入口中，芋香和炭火的香氣混雜在一起，油脂在舌根化開，緩緩流下。

瓦利感覺到小黛輕輕靠在自己的肩上，當大家都在的時候，她的動作會稍微收斂一些。

已經將近二十年了，瓦利幾乎快要忘記來到海境前的生活，父母的面孔逐漸模糊，而他現在甚至追上了父親身故時的年紀。

和小黛結婚後，小黛的父親，也就是現任頭目枷道開始找他負責處理部落內的大小事務，導致瓦利這些年來一直在狩獵團和枷道的家屋兩邊跑，忙到連單獨狩獵的時間都所剩無幾。

但這也是無可奈何的，畢竟要成為下一任頭目，該學的東西可多了，並且絕大部分都和人有關，而這剛好也是瓦利最弱的部分。

作為外來者，瓦利一直以來都在努力不讓別人討厭自己，最簡單的方式就是將獵物分享出去，還有努力去幫部落居民們各種忙，小從收割，大至蓋家屋，只要一直奉獻獵物和勞力，瓦利就能感受到自己仍有用處，覺得稍微安心。

但跟著枷道做事之後，枷道卻對這些行爲頗有微詞。

「你不需要擔心你在部落裡的身分，你的身分是亞沃保證過的，亞沃可是狩獵團的領袖，是最了不起的勇士；你當然應該善待族人，但你無須用討好來建立自己的地位，特別是領袖，只會討好族人的領袖，無法被信任。」

「那我該怎麼做才能取得大家的信任？」

「交流，互相理解，去了解所有人，同時也讓大家了解你。」

「只要互相理解就行了嗎？」

「互相理解只是第一步，但也是最重要的，最終你必須讓不喜歡你的人也願意跟隨你，成爲你的力量。」

「可是……不喜歡我的人怎麼可能跟隨我？」

「他們會的，因爲在杇屍的災禍發生時，他們都看見了你的勇敢，但只有勇敢不夠，他們必須知道你能夠做你不喜歡、但卻正確的事，這會爲你贏得尊敬，他們必須知道你能夠仲裁糾紛，卻不是爲了謀個人私利或是袒護自己人，這兩件事都必須經過長時間相處才能知曉。」

「……我知道了，我會努力試試看。」

在與枷道的這番對話之後，瓦利開始嘗試和部落居民們加深互動，積極地參與部落事務，一如預料，這比狩獵累多了，當大家找不到枷道的時候，他們就會直接來找瓦利。

但枷道所說的話，似乎也開始一點一點地實現。

河谷的採石場，卡修與馬沙因爲一塊豬肉而開始的爭鬥仍未結束。

「瓦利，過來幫忙啊！」卡修叫道。

「別傻了，他才不會幫助你欺負弱小，你還不清楚他的個性嗎？」

「你偷吃我的醃豬肉還好意思說自己是弱小？」

聽見兩人的對話，瓦利笑了起來，十幾年來，這兩人的關係也變了很多，馬沙再也不像小時候一樣看見卡修就夾著尾巴逃走，不過據小黛所說，這才更像自己來到海境前，他們兩人的相處模式。

而這幾年，馬沙甚至會主動來找自己說話，雖然他大部分的時間都寧可待在塔木拉的家屋中。

瓦利想起那個把名字給了自己的男孩，他曾經是這群人的核心，當核心不在了，團體也隨之潰散，而頂替了男孩的自己，並沒有維繫團體的力量。

但現在這樣的情景，似乎也還不錯。

忽然肩膀的重量消失了，瓦利轉過頭去，只見小黛站起身來，四處張望，臉上出現了罕有的焦急神情。

瓦利正想問小黛發生了什麼事，但在一個呼吸之間，他也聽見了。

一道摻雜在河谷風聲之中，若有似無的低嚎，那是祖靈給予的警告，不過好像被什麼東西遮蔽住了。

「你們怎麼了？」

卡修和馬沙從地上起身，詫異地問道。

4

河谷的草叢中，傳來水滴落葉片的淅瀝瀝聲響，但並非下雨或是瀑布，而是三個男孩小便的聲音。

「我們等一下去哪裡？」

最後一個尿完的枇亞問道，他蹲在岸邊，往溪水中搓了搓手。

「……我們要帶嵐音去採藥草的地方……」

阿帝斯回答得有些遲疑，他慢吞吞地拿起放在樹幹旁的玉矛，然後三人一起往嵐音等待的方向前進，雖然平日也會使用一般的石矛，但因爲採石場離死亡谷太近了，爲了安全起見，全部的人都帶著玉矛，連負責後勤的小孩子也不例外。

霧顏看著愁眉不展的阿帝斯，嘆了一口氣。

「別煩惱了，等一下我跟枇亞會自己找理由離開。」

聽見霧顏的話，阿帝斯轉過頭來，一臉不可置信。

「你……怎麼……」

和嵐音的事情，阿帝斯還沒有告訴過兩人。

「咦！我們要離開？」枇亞一臉茫然。

「因爲阿帝斯想單獨和嵐音在一起啊，我們要是跟在旁邊會礙事。」

無視於阿帝斯快速漲紅的臉，霧顏直接說了出來，但枇亞似乎還是沒聽懂。

「爲什麼阿帝斯想要單獨跟嵐音在一起？」

「那當然是因爲他想要跟嵐音結婚生小孩啊！」

「眞的嗎？和嵐音結婚！可是嵐音以後會成爲祭司耶！」

枇亞吃了一驚，看向阿帝斯。

「所以阿帝斯以後會成爲頭目囉！我還以爲你會接卡修叔叔狩獵團團長的位置……」

「頭目或狩獵團團長都很棒，但我只是單純……喜歡嵐音，想待在她身邊而已，不是爲了成爲頭目才……喜歡她，然後拜託你們講話小聲一點。」

阿帝斯壓低聲音，每當他說到「喜歡」時，就像咬到了舌頭，耳根紅得如同燒紅的炭，他再次看向霧顏。

「你什麼時候知道的？」

「上次燒陶時，你用很爛的理由……說什麼『太多人待在一起會燒失敗』那種鬼話想支開我們的時候，我就在想會不會是這樣；而且前幾天我跟枇亞在處理鹿皮，你還在狩獵小屋後面鬼鬼祟祟，我猜你一定又跑到竹林裡去找嵐音了。」

「……爲什麼你知道我跟嵐音在竹林裡？」

「法甌婆婆說的啊，我們之前找不到你，法甌婆婆說嵐音帶藥草回來時你都會在她旁邊，然後我們就問婆婆採藥草的地點，去了之後果然看到你們在那裡，但我想你應該不想要我們出現，所以我跟枇亞就走了。」

「……」

「所以呢，其實你只要說一聲，我跟枇亞就會自己消失，不必每次都要想理由趕我們走啦，更何況你用的理由都很蠢，是會被拿去當笑話的那種蠢話喔。」

對於霧顏的吐槽，阿帝斯苦笑著點了點頭。

「其實我本來就打算過陣子要跟你們說，不過我剛剛不是在煩惱你們兩個，而是嵐音身邊還跟著帕樂絲。」

「那個『綁蛋蛋』！」枇亞驚叫道。

「不要用這麼難聽的稱呼叫她！」霧顏戳了一下枇亞的腰。

帕樂絲是阿帝斯的表妹，也是唯一一個和他們同年並且還留在狩獵團的女孩，和嵐音感情非常好。

作為一個獵人，她的身手矯健，甚至表現得比絕大部分男孩都還要優秀，部落裡的長老說她和小時候的小黛很像，只是小黛擅長的是弓箭，而帕樂絲拿手的是繩索。

因爲從小都和嵐音一起玩，所以帕樂絲曾被小黛指導過射箭，同時也從嵐音的父親瓦利那裡學到了許多繩結的技巧。

上次伊布要指導他們分解獵物，獵回了一頭雄鹿，但割到一半時，用來切割的石片利刃處破損，於是伊布便離開去敲打幾塊新的石片。

就在伊布敲打石片這短短的時間內，帕樂絲悄悄地走到雄鹿旁邊，偷偷摸摸地不知道在做些什麼，阿帝斯三人看見她的舉動也起了好奇心湊了上去。

只見帕樂絲拿出一條細繩，在雄鹿的睪丸繞了幾圈，接著後退幾步，反手一拉，雄鹿的睪丸便隨著繩索飛起，砸中站在一旁的枇亞臉頰。

「對不起啦，不過你幹麼靠那麼近？」帕樂絲連忙道歉。

「妳又沒跟我說牠的蛋蛋會飛起來。」

臉頰被砸中的枇亞順手接住了睪丸，遞給了帕樂絲，帕樂絲連忙將睪丸和已經被割下的部位放在一起。

「妳剛剛做了什麼？」阿帝斯問道。

「因為瓦利叔叔說繩索也可以在狩獵時派上用場，所以我想試看看……可不可以不要跟伊布叔叔說？」

「我覺得妳這樣做不太好，感覺不太尊重獵物。」霧顏瞇起眼睛說道。

「可是我也只是把牠的蛋蛋弄下來，用繩索或石片有什麼差別？」

對於帕樂絲的反問，即使頭腦聰明的霧顏一時也不知該如何回答。

「好吧，只要妳以後別再這麼做。」

對於霧顏的要求，帕樂絲點了點頭。

最後誰都沒有告狀，但等伊布回來後，帕樂絲所做的事還是被發現了，所以她仍被伊布訓了一頓，不過原因與蛋蛋無關，而是不該在沒有徵得同意下碰觸其他獵人的獵物。

「這樣吧，我跟枇亞可以把帕樂絲帶開。」經過一番思索後，霧顏提議。

「咦？可是我有點害怕——」枇亞縮著脖子。

「你要用什麼理由？」阿帝斯問道。

「很簡單，找她比射箭不就好了，就說我和枇亞要對她發起挑戰，她射箭很強，一定會接受。」

「可是我射箭贏不了你……」枇亞咕噥。

「那你可以跟她比摔角啊，但我不保證你蛋蛋的安全。」

「……那還是比射箭好了。」

看著愁眉苦臉的枇亞，阿帝斯和霧顏忍不住笑了起來。

5

對於霧顏和枇亞的射箭挑戰，帕樂絲爽快地接受了。

等到他們三人的身影完全看不見，阿帝斯歡呼，跳起來凌空翻了一圈。

「你幹麼這麼興奮？」嵐音白了阿帝斯一眼。

「因爲我發現比跟水對話更棒的事情。」

「是什麼？」

「就是跟朋友好好對話，讓他們幫忙，爲了朋友的幸福，他們會義無反顧。」

嵐音對著笑容燦爛的阿帝斯眨了眨眼，接著她才聽懂了阿帝斯的意思。

她小小的臉龐瞬間染紅，像是映上了夕陽，但現在離日落還早得很。

「你跟他們兩個說了？」

「我沒說，是霧顏猜到的。」

阿帝斯將霧顏如何經由法甌的話找到他們的經過說給嵐音聽，嵐音聽到霧顏說阿帝斯之前用「很爛的理由」支開他們時，不禁笑出聲來。

然後，嵐音牽起阿帝斯的手，在他的掌心輕輕捏了一下。

「那麼，我們走吧。」

他們走進河谷邊的林地，阿帝斯手持玉矛走在前面，林地的樹叢間，依稀可以辨認出不久前曾有山羌與野豬出沒的獸徑。

不知為何，嵐音在進入森林後，似乎有些侷促不安的樣子。

「怎麼了？」阿帝斯問道。

「好奇怪，這裡聽不見聲音，我是說，連蟲鳴聲和鳥叫聲都沒有。」

阿帝斯聽見嵐音這麼說，腦中依稀想起父親曾說過的某個故事，以及故事的警告，但無論怎麼想都想不起完整的內容。

就在此時，前方的草叢傳來一陣異樣的聲響。

聽起來像是粗重的鼾聲，摻雜著摩擦聲，有如枯萎竹枝在強風吹拂時窸窣作響。

阿帝斯舉起玉矛，與嵐音互望一眼。

「小心點。」

嵐音點頭，放緩了腳步，跟在阿帝斯身後。

越靠近草叢，聲音越來越明顯，他們屏住呼吸，阿帝斯緩緩將玉矛往前伸出，小心翼翼地撥開擋在面前的蕨葉。

映入眼簾的，是一隻趴倒在地的獼猴。

但這隻獼猴看起來不太對勁。

牠趴在地上，身上的毛髮灰白稀疏，露出大片乾癟的皮膚，腿部彎曲無力地拖在地面上，只能用前肢緩慢地在草叢中爬行，牠的動作看似僵硬，但撐起身體時卻彷彿充滿著力量，然後隨即氣力放盡地趴下，周而復始，每一次前進都像是用盡了全身的力氣。

「這隻獮猴……受傷了嗎？」嵐音低聲問道。

「不……不像是受傷，更像是……老了？」阿帝斯皺起眉頭。

他們曾經看過動物衰老的模樣，年老的獮猴行動會變得遲緩也是理所當然，但這隻獮猴的狀態不僅是衰老，牠的眼睛渾濁，卻似乎帶著某種執念，無論如何都要繼續往前爬行。

「牠想去哪裡？」嵐音喃喃道。

阿帝斯沒有回答，而是往前走了幾步，盯著老獮猴的動作。

獮猴一點一點地向前挪動，留下長長的拖行痕跡，像是被某種無形的力量吸引著，朝著森林更深處前進。

「跟上去？」阿帝斯望向嵐音，嵐音點點頭。

林間的光線昏暗，視線模糊不清，隨著獮猴前行，他們來到了一座被樹木包圍的岩壁，岩壁中央剝落，往內凹陷成一個淺淺的洞穴，洞內一片灰白，似乎空無一物。

就在這時，嵐音突然用力扯了阿帝斯的衣角。

「阿帝斯……那是……？」

她的聲音顫抖，指著岩壁洞穴的地面。

阿帝斯順著她的目光看去，心跳猛地加快。

在一片灰白的地面上，隱約可見一具蜷縮著的骸骨。

但仔細看就可以知道那並不是骸骨，而是一隻朽屍，皮膚灰白乾枯，布滿裂痕，幾乎要與岩石融合爲一體，宛如一座小型的死亡谷，然而，它的手指微微蜷曲，似乎仍在動作。

獼猴終於爬到了朽屍的身旁，握住了朽屍的手指。

生物碰到了朽屍，只有死。

但這隻獼猴碰觸了朽屍，卻並未如同傳說中的出現黑色傷口，反而身體猛地一陣抽搐，發出一聲悽厲的哀鳴。

下一瞬間，牠的背脊像是被什麼東西貫穿一般猛然拱起，然後再度靜止。

空氣中開始瀰漫著一股腐臭的氣息。

阿帝斯與嵐音注視著那隻靜止不動的獼猴，汗水從額頭滑落。

獼猴的眼睛睜開，牠的瞳孔散發出螢光，嘴巴緩慢地張開，發出一聲模糊的低語聲，那聲音不像是猴子的叫聲，更像是……人類的呢喃。

「……牠在說話？」嵐音的聲音發顫。

阿帝斯喉嚨乾澀，直覺告訴他應該要立刻帶著嵐音逃走，他也不是不想逃跑，而是身體被恐懼給禁錮了。

猴子緩慢地轉動脖子，像是在適應新的軀體。

然後，牠開始走動。

不再是原本那種老態龍鍾的垂死掙扎。

牠的下肢詭異地扭曲，移動的方式與一般的獼猴全然不同，更像是有人躲在獼猴的皮囊之中行動。

原本在洞穴內的朽屍，已經完全化爲白灰，彷彿它的存在只是爲了等待新的身軀到來。

「阿帝斯，我們該走了……」嵐音低聲道，手緊緊抓住阿帝斯的手臂。

阿帝斯點頭，沒有一絲猶豫，他緊握著玉矛，奮力移動僵硬的雙腿，護著嵐音往後退。

然而，獼猴閃爍著螢光的眼睛，已經牢牢鎖定了他們。

獼猴的嘴角微微開合，喃喃低語，雖是低語，但那道聲音卻彷彿是從每個人內心最黑暗之處響起一般，無比巨大。

聲音迴盪在整個山谷，空氣變得燥熱，樹木葉片開始乾枯，彷彿森林本身都爲之恐懼。

阿帝斯繃緊神經，急促的心跳撞擊著胸膛，他看著獼猴的眼睛，像是在凝視著深淵，那深淵似乎可以吞噬一切，卻又極具誘惑，他努力地想往後退，但雙腳的移動卻再次停滯，有如被沉重的巨岩死死箍住。

甚至，阿帝斯還想要往前走去，他感覺彷彿只要這麼做，就能夠得到他想要的一切。

此時，彌猴的手臂猛然舉起，牠的指尖在空氣中勾勒出一連串的紋印，這些紋印幽幽地泛著螢色微光，光芒微微顫動，迅速移動，最終在彌猴的手臂上開始環繞，形成一道漩渦，漩渦底端的指尖正對著阿帝斯。

「阿帝斯！」嵐音大喊。

眨眼之間，阿帝斯看見彌猴飛身一躍，來到自己身前，牠的手指碰觸玉矛的矛桿，矛桿爆裂，玉石製的矛頭掉落在地。

阿帝斯瞪大眼睛，看著彌猴手指即將觸碰自己的胸口，但他卻全身僵硬，無法閃避。

恍惚之間，阿帝斯聽見嵐音開始吟唱。

一陣旋風驟然升起，歌聲裹挾著狂暴的氣流，形成一道透明、層層疊疊的無形風牆，擋在阿帝斯與彌猴之間，詭異的紋印撞上風牆，瞬間產生激烈的震盪，發出尖銳刺耳的哭嚎聲，螢光劇烈閃爍，隨後逐漸扭曲、粉碎，化作虛無。

彌猴收回手指，臉上閃過一絲怒意，但馬上轉變爲狡譎的笑。

牠再次將手指伸向阿帝斯，嵐音感覺到威脅，吟唱的曲調也隨之一變，她的節奏加快，風牆的氣流更加劇烈，試圖將那隻伸向阿帝斯的手指彈開。然而，彌猴的指尖在要碰觸到風牆之前，方向一轉，毫無阻礙地穿透風牆最薄弱的部分，直接觸碰到嵐音的手掌。

剎那間，嵐音的歌聲變得顫抖。

一股強烈的寒意從她的手掌蔓延開來，她臉上血色褪盡，額間的汗水迅速乾涸，原本烏黑亮麗的長髮逐漸枯黃、乾裂，絲絲縷縷地褪去光澤，宛如年華逝去，她的皮膚皺縮，手指骨骼突出，彷若枯枝，背脊彎曲，生命的氣息似乎即將被吞噬殆盡。

「嵐音！」

阿帝斯看著這個景象，感覺心臟停滯，但反而讓他清醒過來，他抓住嵐音的手臂，想要將她拉開，但無論如何拉扯，獮猴的指尖始終戳刺著嵐音的手掌，像是被牢牢吸住一般，而因為風牆的保護，阿帝斯也無法離開。

嵐音的歌聲漸漸微弱，原本空靈動人的嗓音，變成沙啞低沉的呻吟，她的眼窩深陷，嘴唇顫抖，彷彿隨時都會崩潰。她的手掌顫顫巍巍地舉著，似乎還想要抵抗，卻已是氣若游絲。

阿帝斯的心中充滿了絕望與憤怒，突然一個畫面閃過他的腦中，那是剛剛與獮猴交手時，獮猴先弄斷了他的矛桿，才展開攻擊。

也就是說，玉矛對這個怪物有用。

他拚盡全力，伸手撿起掉落在地上的半截玉矛，戳向獮猴，獮猴輕鬆閃身避開，臉上泛起奸笑。

就在這時，破空之聲響起。

一枝箭矢以驚人的速度射來，直直貫穿了獮猴的頸部。

箭矢的力道強勁無比，帶著某種難以抗拒的力量，直接將牠釘在石壁上。紅色的血液從牠的傷口噴濺而出，發出嘶嘶作響的腐蝕聲，獮猴低聲哀嚎，身體劇烈抽搐，掙扎著想要將箭矢拔出，但玉石箭矢上附帶的力量如同鎮壓的枷鎖，使牠無法掙脫。

離開了獮猴的碰觸，嵐音的身體彷彿被釋放了一般，她失去力氣，虛弱地倒在阿帝斯的懷中，她的嘴唇微微開合，卻發不出聲音。

阿帝斯連忙扶住她，顫抖的手撫上她的臉龐，發現她的皮膚乾皺，兩眼渙散，髮色灰白，並且，在她兩手的手腕上還出現了燒傷，阿帝斯定睛一看，竟然是手腕上的玉環造成的，便連忙將她的玉環取下。

同一時間，兩個高大的身影從他身邊掠過。

那是手持玉矛的瓦利和卡修，他們衝向獮猴，手中的玉矛直刺獮猴的腹部及頭顱，他們幾乎是在箭矢射穿獮猴的瞬間就同時衝了上來。

然而，獮猴在最後一刻狠狠抓住插在自己頭部的箭矢，硬生生將其拔了出來。

牠喉間發出一聲低沉的嘶吼，螢光閃爍的眼瞳收縮，像是重新奪回了行動的自由，在兩人的玉矛即將刺穿牠腹部時，獮猴一躍而上，四肢攀上石壁，身體倒轉，驚險地避開了刺擊。

卡修伸手一抽，原本將要刺中石壁的玉矛被拉了回來，接著他反手一揮，矛尖上挑，戳中獮猴的背部，只可惜刺得不深，獮猴在石壁上翻了一圈後回到地面，正好遇上瓦利的攻擊，他改刺爲劈，橫掃獮猴的脖頸。

獮猴四肢撐地，身體驟然壓低，如同一張猛然收縮的弓，避開了橫掃的玉矛，但上臂被矛尖劃過，留下長長一條血痕，接著牠縮起身體，一口氣後躍，想與兩人拉開距離。

瓦利毫不遲疑地跟上，腳步輕快卻有著驚人的爆發力，右手的玉矛不斷向前刺出，不讓獮猴逃出攻擊範圍，另一側卡修的攻勢也不斷進逼，他的力氣比瓦利大上許多，每一次揮矛都帶著沉重的風壓。

獮猴被打得四處奔逃，偶有還手，卻會立即遭到夾擊，牠看向阿帝斯，只見阿帝斯已經抱起嵐音退到一旁，而手持玉矛的馬沙則站在兩人身前，他滿頭大汗，但眼神凶狠，只要獮猴稍微靠近一點，矛尖便立即刺了上去。

獮猴的眼瞳螢光閃爍，牠似乎也意識到自己陷入了困境，臉上露出煩躁的神情。

瓦利又是一矛刺來，獮猴側身閃避，矛刃擦過牠的側腹，開了一道口子。牠低吼一聲，猛然俯身，雙腿一蹬，衝向卡修。

卡修凌空一躍，輕巧地躲過這一擊，矛鋒回轉，反向刺向獮猴的背部。

沒想到獮猴兩掌往地上一撐，身體像是一根扭曲的藤蔓，在毫釐之間避開了玉矛的攻擊，接著猛然竄向一旁的樹幹，爬升至樹枝間。

卡修低聲咒罵，顯然對於這怪物的敏捷程度感到棘手。

就在此時，又是一道破空聲響起。

一枝箭矢精準地射穿了獼猴的左肩！

獼猴吃痛，發出一聲嘶吼，連忙躲進樹幹後方的死角，將大部分的身體隱藏起來。

是小黛。

獼猴喘著氣，鮮血從樹枝上滴落，但牠仍未倒下。

牠陰沉地望了一眼這些獵人，隨即躍向身後的樹木。

像是早就準備好似的，小黛再次一箭射出，只要位於射程內，就算是飄落的樹葉她也射得中。

一聲悶響，箭矢在擊中前遭到獼猴伸手格擋，箭鏃插入了牠的臂腕。

獼猴以無傷的手臂抓住樹枝，然後一個擺盪，躍向另一棵大樹。

「別想走！」卡修怒吼，當即跟著瓦利追了上去。

然而，獼猴的速度遠比想像中更快，即使身中三箭，牠依舊在樹林間快速騰越，一轉眼便消失在濃密的林木之中。

6

嵐音跑在父親身後，看著父親焦急地邁步狂奔。

父親手中抱著一個嬌小而醜陋的身體，身體的主人似乎已經昏迷，無論父親怎麼喊，都沒有任何反應。

母親跟在父親身旁，憤怒與悲傷填滿了她的臉。

嵐音知道那具嬌小而醜陋的身體就是自己，之所以看得見這一切，是因爲自己正在作夢。她很常作夢，但沒有一次的夢境讓她如此害怕。

身後傳來喘氣聲，嵐音轉過頭，是阿帝斯，他一直跟著，但逐漸被越甩越遠，然後絆了一下，趴倒在地。

阿帝斯，別追了，他們跑太快，你追不到的。

嵐音對著阿帝斯大喊，但阿帝斯完全聽不見，他爬起來，繼續追著，從嵐音身邊跑過，臉上都是淚水。

嵐音也想跟著追上去，但她突然發現自己似乎變矮了，只剩下原本身高的一半，隨著奔跑，身體也越來越小。

這時，一道聲音響起。

「妳該回去了。」

嵐音停下腳步，轉頭，看見一名少女正注視著自己。

「不……我不要回到那個身體裡……」

嵐音顫抖著，她想起那個身體的容貌，如此衰老、醜陋，變成那個模樣要怎麼繼續活下去？又爲什麼要繼續活下去？去？又爲什麼要繼續活下去？

「若妳不想回去，我也不會強迫妳，如妳所說，回去後等著妳的是無比艱辛的苦難……」

少女走到嵐音面前，蹲下身。

「只是……在苦難之中，仍有希望，妳就快要消失了，妳必須做決定，是否要回去。」

「……還有希望嗎？」嵐音問道。

「當然，因爲希望就是伴隨著苦難而生的，但我不能保證任何事，一切都要由妳決定。」

嵐音看著少女，腦中閃過無數念頭，但無論如何，最終都會回到那具衰老的醜陋身軀上。人爲什麼要活著？

但是，一張臉孔突然浮現，是阿帝斯的臉。

「……我要回去……」嵐音依然在發抖。

少女微微一笑，將嵐音抱入懷中。

意識消散，少女與嵐音一起消失，只剩下在河谷中呼嘯的風聲。

7

月光映照著海境部落祭司芭黛的靈屋，屋內燈火通明。

嵐音的治療尚未結束。

阿帝斯沒被允許進入屋內，他坐在靈屋的門邊，背倚靠著竹牆，呆呆地望著靈屋庭院種著各種藥草的小菜園，一邊聽著屋內的交談聲。

遠遠走來一個人影，雖然相貌俊俏，但卻一臉頹廢的表情，正是狩獵團的副長馬沙。

他將以芋葉裝盛的餐點放在阿帝斯身旁。

「吃吧，是燻鹿肉。」馬沙說道。

阿帝斯搖了搖頭，他一點食欲也沒有，畢竟他的內心已經被悔恨與挫敗感填滿了。

父母、霧顏和枇亞、帕樂絲，甚至連瓦利和小黛都曾拿過食物來給他，但他都不曾碰過。

馬沙看著他，搖了搖頭。

「我說你啊，要懲罰自己倒是無妨，當年朽屍來襲，我丟下塔木拉逃跑的時候，也是後悔得恨不得把自己揍死，但你不能懲罰關心你的人，這燻鹿肉可是露珀特別爲你準備的。」

「……芭黛婆婆說嵐音可能沒辦法完全治好，因爲那個叫作遠古惡靈的怪物奪走了她大部分的命質。」

「命質？」

「生命的本質……就是人活著需要用的燃料，嵐音快死了……」

「不要亂講話！她現在還活得好好的。」

「可是，她可能只剩幾年可以活了……」阿帝斯肩膀顫抖著。

「唉，別哭啊，不是還有好幾年嗎？」

「什麼意思？」阿帝斯抹去眼淚。

「我問你，芭黛婆婆說的是可能沒辦法完全治好，而不是肯定治不好吧？」

阿帝斯點點頭。

「如果嵐音的命質是被遠古惡靈奪走的，那奪回來不就好了？」

「奪回來？」

「對啊，芭黛婆婆可是祭司喔，我猜她一定知道該怎麼從惡靈身上把嵐音的命質奪回來。」

「可是……那個惡靈太可怕了……」一想起那隻獼猴，阿帝斯感覺自己的手彷彿又開始發抖。

馬沙瞪大眼睛。

「煩死人了，你這小鬼平日這麼囂張，現在居然會怕惡靈？那隻惡靈再怎麼可怕，還不是會被小黛的弓箭射穿，被你爸爸和瓦利的玉矛打得抱頭逃竄？」

阿帝斯聞言抬起頭來，似乎回想起了在樹林間的戰鬥。

「……爲什麼爸爸他們可以這麼厲害呢？我當時被嚇得不能動，就連嵐音都敢對抗它……」

「我哪知道……我一直都想要變成像他們那樣的人……但我太晚才發現，只是站在旁邊嫉妒或佩服他們，只會離他們越來越遠……」

馬沙說著吐了一口氣。

「所以你自己決定吧，你到底是要繼續坐在這裡哭？還是要多吃點肉，趕快長大去把那個惡靈打扁，把嵐音的命質奪回來？」

馬沙將芋葉端到阿帝斯面前，阿帝斯伸手接過，然後彷彿下定了決心，抓起燻鹿肉塞進嘴裡。

這時，靈屋的門打開，小黛探出頭來，紅腫的眼眶還掛著淚珠。

「阿帝斯，嵐音醒了。」

阿帝斯連忙將芋葉塞回馬沙手中，連跑帶跳地衝入靈屋內。

嵐音躺在牆邊的竹席上，身上蓋著一張奇特的薄被，既非苧麻也不是獸皮，而是祭司用的樹皮布，她的面容已不再蒼老，只是看起來暗淡無光。

她看見阿帝斯來到，向他露出淺淺的微笑。

阿帝斯垂下頭，額頭抵在竹席邊緣，淚水悄無聲息地滴落，他肩膀一陣陣抽動，努力不哭出聲音，但眼淚卻止不住地湧出。

他知道，嵐音會變成這樣，是因爲她替自己擋下了那個惡靈的攻擊。

他再次想起那一瞬間的景象，她整個人如同朽木般摔落地面，鼻息微弱，臉頰迅速乾癟，皮膚變灰、發皺，就像枯萎凋零的花。

當時他什麼也做不了，只能眼睜睜看著她衰老。

「我會去找那傢伙。」阿帝斯說道，剛才的懼意已被一掃而空。

再多的言語，都無法述說他現在的懊悔。

「那隻被遠古惡靈附身的獼猴，我一定會找到牠，然後把妳的命質全部奪回來。」

他說完，用手抹去臉頰上的眼淚。

嵐音望著他許久，最終點了點頭。

「我等你。」

間章 姬薩兒

姬薩兒躺在月桃葉編織的床席上，靜靜地等待死亡。

即使蓋著鹿皮，她依然冷得全身打顫，明明剛剛才喝過水，仍覺得口乾舌燥，每次呼吸，總感覺吐出的空氣比吸入的空氣多上許多，可是這是不可能的，人的身體內怎麼可能有這麼多空氣可以吐出來。

她的視線變得模糊，眼前的屋頂時而清晰，時而像浸泡在水裡般，忽近忽遠，四肢麻木，像是被床席緊緊箍住，無法動彈。

好不容易轉動了脖子，她總算能看到除了屋頂以外的景象了，雖然視線依舊模糊，不過要辨認出火堆並不是什麼難事，火堆就在她身旁燃燒著，發出微弱的劈啪聲，光映在牆上，晃動的影子不安而扭曲。

火堆中爆出一顆火星，它躍出柴堆，在石頭上燃著微光，彷彿在呼應著姬薩兒的呼吸，緩慢明滅，最終完全燒盡，化為炭灰。

那顆炭灰就是我，姬薩兒在心中呢喃著，她本來即將成為祭司，守護族人的靈魂，但什麼都還沒做到，她就得變成炭灰了，她不會再是那個能歌善舞的女孩……

溫熱的液體從眼角滑落，她用力閉起眼睛，想將剩餘的淚水排出，可以的話，她想用手把眼淚抹掉，但她現在連抬起一根手指都極爲艱辛。

擠掉了眼淚，視力終於恢復正常，姬薩兒在臉上努力擠出一絲笑容，母親說過，祭司的笑容可以讓族人鼓起勇氣，雖然自己看不見，但勇氣是她現在最需要的東西。

突然，屋頂傳來一陣極細微的聲響，吸引了姬薩兒的注意力。

她轉頭望向家屋屋頂，只見架在屋頂上的竹製襯板開了一個小縫，細碎的茅草與竹屑，輕飄飄地落在她的臉上，一股莫名的寒意從脊椎竄起，心臟劇烈跳動，令她幾乎快要喘不過氣。

縫隙越來越大，最終形成一個拳頭大小的洞口，風竄了進來，帶來冰冷的空氣，讓她全身的汗毛豎了起來。

一對眼眸悄然於洞口浮現。

那是一對衰老卻異常凌厲的眼，眼白蠟黃，布滿細密的血絲，瞳孔極小，散發著螢光；它死死盯著姬薩兒，視線冰冷、彷彿正在檢查她是否還活著。

恐懼從胃部深處湧上來，灌滿姬薩兒的胸口，壓迫著她的喉嚨，她想要大聲尖叫，卻發不出任何聲音，她試圖掙扎，但全身癱軟無力，只能僵直地躺在床席上，雙眼瞪得發疼，卻已經無法閉上。

那對眼眸依舊盯著她，一動不動，接著一絲細微的笑聲響起——那不是普通的笑聲，而是一種詭異的、刻意壓抑的低聲竊笑，帶著上下排牙齒的摩擦聲，斷斷續續，彷彿懷抱著某種令人不寒而慄的愉悅。

而黑暗，隨著笑聲逐漸滲透進來。

屋內的火光開始閃爍，光芒忽隱忽現，原本燃燒得正旺的柴枝像是失去空氣般，火光變得暗淡，最後只剩下幾絲殘存的紅光，姬薩兒感受到身旁的火堆逐漸失去溫度，終於熄滅。

黑暗吞沒了一切。

第二章・呼喚

1

嵐音睜開眼睛，四周幾乎一片漆黑，僅剩火堆中零碎的炭火仍留著微弱紅光。屋內靜默無聲，但似乎有什麼聲音一直在她耳邊迴蕩，不過她昨晚並沒有作夢，所以並非夢境的影響。

她從來沒想過，她會對夢境如此思念，她已經有很長的時間沒有作夢了。

她艱難地撐起身體，慢慢從床鋪起身，打開掛在竹架上的皮袋，從袋內捏起一小團從竹片上刮取的火絨，放入火堆內，等火絨點燃後，接著放入竹枝與木片。

重新燃起的火光照亮了屋內，也照亮了嵐音伸出的手臂，她正準備再添加幾根木柴，卻發現手臂止不住地顫抖。

她望著自己的手指，枯瘦而僵硬，指節內側隱隱作痛，皮膚皺紋深刻，彷彿乾裂的樹皮，扭曲了手背上深青色的紋印。

嵐音嘆了一口氣，將木柴輕輕丟入火堆，橘紅色的火焰舔舐著木頭，火焰起伏，微光映在她的臉龐，她深吸一口氣，開始低吟起一首曲調。

她的喉間乾澀，聲音低啞得像是口內卡著沙石，起初，聲音斷續而顫抖，彷彿一縷白煙，搖晃不定，但她沒有停歇，微弱的音律不斷地從口中流淌而出，在靜謐的屋內縈繞不散。

她微微動了動手指，指節依舊生澀，卻不再像剛醒來時那般僵硬，歌聲仍在持續，從粗啞至清澈，一點一滴，像經過雨水潤澤的枯木。

嵐音拿起一塊敲製的石片，劃開食指指尖，血液流出，她將指尖按在自己身上所穿著的、由樹皮布所製作的連身裙裙襬上，這件樹皮布裙是將一整棵構樹的樹皮以石棒不斷敲打所製成，擁有淨化的力量。

血液隨著樹皮布的纖維與脈絡慢慢往上爬升，最終把整件連身裙染紅，嵐音臉色慘白，感覺視野閃爍，耳中蜂鳴大作，直到快要連自己的歌聲都聽不到了，她才喘了一口氣，開始唱起另一首曲子，而樹皮布裙上的血液，也隨著歌聲，慢慢從指尖的傷口流回她體內。

當全部的血液都流回體內，歌聲停歇，嵐音身上的肌膚也和她的聲音一般，稍微恢復爲接近過往的樣貌，雖然不復曾經的亮麗柔嫩，一頭白髮也無法變回黑色，但至少看起來不再那麼駭人。

既然都讓血浸滿整件樹皮裙了，只要別太累，應該可以撐個兩到三天吧……嵐音思索著，可是她不太有把握。

同樣是衰老，爲什麼芭黛婆婆看起來就沒那麼可怕，自己卻看起來像是怪物一樣呢？

嵐音看著位於靈屋門口另一側，空蕩蕩的床席，那裡原本是芭黛婆婆的位置，直到十幾天前，芭黛婆婆在下床時絆倒受傷，於是搬到海境部落頭目枷道的家屋去休養。

已經過去三年多了，自從被那隻附在獮猴身上的遠古惡靈奪走身上的命質後，嵐音就住進了芭黛婆婆的靈屋，向她學習讓自己繼續生活下去的方法。

是的，只是繼續生活下去，並不是讓命質回復。

如果生命就像點燃的柴火，那嵐音的木柴已經被惡靈取走了大部分，只剩下少許的碎屑可供燃燒，芭黛所教她的，就是讓火焰所需要的燃料減少卻又不會熄滅的法術。

利用樹皮布裙淨化血液，讓身體恢復成比較年輕的模樣也是法術之一。

雖然淨化血液的過程很痛苦，但比起老化的身體，年輕的身體不只不易受傷，學習的效率高，能做的工作也多上許多。

只是，依然有所侷限。

像是她的身高，這三年來連一根指頭的長度都沒有增加，而她原本會定期流血的身體，也停止流血了。

芭黛婆婆說，女孩子沒有定期流血，就無法生育孩子，嵐音不知道這到底算是好事還是壞事，因爲流血很麻煩，又不舒服，沒有女孩喜歡，生小孩聽說很痛，連像自己的母親小黛這麼勇敢的人，生嵐音的弟弟妹妹時也是疼到臉色發白，聽說生第一胎最痛，但嵐音難以想像母親露出更痛苦的表情。

不……也許是有的，就是三年前自己差點喪命時，母親似乎露出了嵐音從未看過的表情，但她當時非常虛弱，已經記不太清楚了。

這麼看來，不僅生孩子很痛，養孩子更是折磨，因爲並非所有孩子都能平安長大。不過嵐音不必再去想這些，因爲她已經沒有生育的能力，而其他的女孩們則是繼續抱怨著因爲定期流血而不舒服的身體，抱怨著生孩子很痛，而孩子們依然陸續被生出來。

嵐音從竹架上拿起一個木盒，木盒內裝著兩只玉石手環。

玉石是大地女神的眼淚，是能剋制朽屍的神聖之物。

嵐音伸出一根手指，吸了一大口氣，將指尖輕輕碰觸玉石手環的表面。劇烈的燒灼感從指尖傳來，嵐音立即抽回手指，接觸玉石的指尖皮膚浮現了一小塊深褐色的烙印。

如果再碰觸更久一點，指尖恐怕會整根焦黑吧，雖然只是猜測，但嵐音一點都不想嘗試到這種地步。

遠古惡靈奪走了她的命質，卻把朽屍的詛咒留給了她。

往好的方面想，至少自己不像朽屍一樣怕水，還能喝水和洗澡，嵐音將裝了水的陶罐放在立於火堆旁的三塊灶石上，然後在等待水煮沸的這段時間盥洗一番。

當她洗漱完畢，坐在火堆旁用木梳梳理自己那一頭白髮時，門外傳來輕輕的敲擊和叫喚聲。

「……嵐音，妳醒來了嗎？」

「還在睡喔。」嵐音笑嘻嘻地回答道。

「哎呀，那真是抱歉，可以請妳幫我開個門嗎？」

「還在睡覺的人要怎麼幫人開門？」

「還在睡覺的人要怎麼說話？」

「說夢話啊。」

「既然可以說夢話，那妳應該也可以夢遊來開門吧？」

「我試試看。」

嵐音放下木梳，走至門邊，解開套在門上的繩結。

竹門打開，一名高挑的少女走進屋內，明亮的眼睛與大大的笑容，彷彿將空氣中所有陰鬱都清除了一般。

帕樂絲——她是阿帝斯的表妹，同時也是嵐音從小到大的玩伴。

「啊！妳已經在煮水了。」

她走到火堆旁坐下，打開手中的芋葉包裹，將裡面已經切碎的肉塊放入滾水中，等水再次冒出泡泡後，又放了一把野菜，最後加入鹽膚木提味。

「鹿肉？妳獵到的？」嵐音坐回床鋪，將梳好的頭髮以苧麻繩紮起。

「我有射中一箭，不過真正逮到牠是靠霧顏的陷阱。」

帕樂絲用陶杓攪動著湯裡的食材，一邊向嵐音講述這幾日狩獵的經過，他們在伊布的帶領下進行圍獵，獵物不僅有鹿，還有好幾隻野豬。

「……而且啊，枇亞居然一個人用長矛就把野豬給刺死了，很厲害對不對，不過他可嚇死了，因為那隻野豬在他尿尿時突然從草叢裡衝出來。」

「該不會他是被嚇得亂刺一通，正好刺中要害？」嵐音問道。

「沒錯！」帕樂絲大笑。

「我們跑過去的時候，他滿臉眼淚和鼻涕趴在野豬身上，我們還以為他快死了，結果他居然一點傷都沒有，只是驚魂未定，一直在發抖，後來我和霧顏就一直稱讚他，伊布叔叔還說要把那隻野豬的獠牙縫在他的頭帶上。」

嵐音伸手接過帕樂絲遞來的木碗，吹了吹氣，啜飲了一小口。

「嗯，味道不錯。」她點點頭。

「當然，這可是我煮的。」帕樂絲得意地揚起下巴，然後繼續說道。

「不過，霧顏才是最辛苦的那個，因為枇亞被伊布叔叔帶去讓長老們表揚，所以他回來後一整天都在處理獵物，剝皮、切肉，一直忙到剛剛才結束。」

嵐音靜靜聽著，但兩手指尖不斷在木碗邊緣來回游移。

「……那……阿帝斯呢？」

帕樂絲聞言頓了一下，視線移向火堆，像是在猶豫該不該說。

「怎麼了？阿帝斯這次沒有跟你們一起去圍獵？」嵐音放下陶碗。

「他一開始有去。」帕樂絲嘆了口氣。

「但前幾天深谷部落的人來了，帶隊的人是阿帝斯的舅舅，他就一直待在他舅舅身邊說話，最後就直接脫隊了。」

「霧顏一定很生氣。」嵐音皺起眉頭。

「當然啦。」帕樂絲聳聳肩，「他那天早上就沉著一張臉，昨天回來後也一直沒搭理阿帝斯。」

嵐音垂下眼簾，沒再說話。

雖然只是隻字片語，但嵐音一聽就知道，阿帝斯肯定不是爲了和他的舅舅聊大而脫隊。

大概是爲了問有關那隻獮猴的事吧。

三年來，阿帝斯幾乎把海境部落周圍的土地整個踏遍了，但始終找不到那隻被遠古惡靈附身的獮猴。

去年，他甚至跟著玉石交易隊伍前往他母親露珀的家鄉——深谷部落。

阿帝斯的舅舅吉米克是深谷部落負責開採玉石的領導者之一，與許多前來交易玉石的部落隊伍都有往來，他應該是拜託了吉米克幫忙向各個部落打聽那隻獼猴的消息。

帕樂絲瞥了她一眼，拍拍她的手背，露出一抹笑容。

「別擔心，他們兩個總是會和好的，我保證。」

嵐音抿緊嘴唇，最後輕輕點了點頭。

兩人不再說話，只剩下湯汁在陶罐中翻滾的咕嚕聲。

喝完了陶罐中的湯，兩人隨口閒聊了一些近期部落中的瑣事後，嵐音從竹架上拿起兩個箭袋，遞了一個給帕樂絲。

「上次不是跟妳要了鹿皮嗎？這是幫妳做的。」

帕樂絲接過來，手掌在柔韌的鹿皮上輕輕撫摸，指腹感受到繫繩的牢固與彈性，箭袋的底部特別加厚，肩帶則是用苧麻繩仔細編織而成，外面再包上一層皮革，既美觀又不會輕易磨損。

「這是……要給我的？」帕樂絲翻來覆去地看，愛不釋手。

「喜歡嗎？」

「當然喜歡！妳花了很多時間吧！」

「嗯，總得找點事做。」嵐音的語氣帶著點自嘲。

畢竟無法碰觸玉石，祭司學徒的修行有一大半都得暫停。

「要是我有妳一半的手藝，我媽肯定不會再嫌我笨手笨腳。」

嵐音笑著搖搖頭，又將另一個箭袋遞給她：

「這個，幫我轉交給阿帝斯吧，他的箭袋早就破破爛爛的了。」

帕樂絲剛要伸手接過，卻又突然把手縮了回去，瞪大眼睛。

「……妳怎麼不自己給他？」

「他很少來靈屋。」嵐音垂下眼簾，語氣有些悶悶的。

「就算來了，也只是匆匆待一下，很快就走了，而且說不定獵季結束後，他會跟著他舅舅去深谷部落……」

「沒關係，我等一下就去把他抓來，妳親手給他。」

「妳直接幫我交給他，不是更快？」

「不行。」帕樂絲語氣堅定，「這是妳做的東西，應該由妳交給他。」

「有什麼差別？」

「當然有差！」帕樂絲雙手抱胸，眉頭微微蹙起，「妳花這麼多心力做這個箭袋，卻沒有自己交給他，這樣不對？」

嵐音沒有回話，兩手的手指緊捏著箭袋邊緣。

「而且啊……」帕樂絲撇撇嘴，說道：「他以前一天到晚纏著妳，現在卻不聞不問，我一想到都氣得想揍人了。」

「他沒有不聞不問……」

「總之我會想辦法把他拖來見妳，就算我拖不動，反正枇亞力氣很大，叫他把人打過來應該只是小事一件。」

嵐音盯著她看了一會兒，最後嘆了口氣，勉強點了點頭。

「好吧……」

帕樂絲露出勝利的笑容，站起來伸了一個懶腰。

「那就這麼說定了！好了，我該回去了，霧顏要是知道我沒去睡覺，卻跑來妳這裡大概又要發脾氣。」

她一邊說，一邊轉身走到門邊，伸手解開門上的繩結，打開門。

然而，門才剛推開一半，帕樂絲的動作就僵住了。

她站在門口，一動不動，像是基座被深埋在土中的石柱。

「怎麼了？」嵐音快步走近。

當她來到門邊，往外一看，也愣住了。

屋外仍是一片漆黑。

雖然嵐音今天也是特別早起，但她們已經吃完早餐，又聊了很久，天色早就應該亮了才對，即使雲層再怎麼厚重，天邊也該透出晨曦的光。

嵐音感覺心跳加快，不自覺地收緊拳頭，她遲疑一了會，還是走出門，帕樂絲緊跟在後。

世界被夜色籠罩，彷彿時間被停滯在夜晚。

她們兩人抬頭仰望，看見天空似乎被一片模糊的暗影籠罩著，那道暗影有如雲霧，從北方四處飄散。

在雲霧的間隙中，依然可以看見月亮與星星，唯獨不見太陽的蹤跡。

「怎麼回事……太陽呢？」帕樂絲低聲道，語氣中帶著一絲不安。

「我也不知道……」嵐音喃喃說著，腦中閃過種種猜想，卻沒有一個能解釋眼前的異狀。

就在這時，一陣微弱的聲音，在她的耳邊響起。

她兩眼圓睜，整個人僵在原地。

那不是剛醒來時的錯覺，也不是祖靈的呢喃，更不是動物的低鳴，而是一道來自遠地的呼喚。

……**來找我**……

嵐音猛地抬頭，望向北方的天空。

那是一名少女的聲音。

2

阿帝斯踏著沉重的步伐，返回狩獵團小屋，長長地吐了口氣，天空仍是一片漆黑，夜裡的空氣冷冽，夾雜著汗水的鹹味與濕氣，沾濕了他的外衣，他扯下頭巾，抬頭看向小屋外的火光。

幾名巡邏結束的獵人圍坐在火堆旁，低聲交談著，話語間夾雜著焦慮與疲憊，阿帝斯沒有過去和他們說話，累了一整天，他現在只想回自己的床鋪，好好閉上眼睛，哪怕只是休息片刻。

他住在這裡已經一年了。

雖然卡修算是勉強同意，但露珀每次見到他，眼裡的哀傷總讓他感到煩悶。母親並沒有反對，只是那種難以言說的氛圍卻像影子一樣縈繞在他心頭，讓他避無可避。

阿帝斯甩甩頭，試圖驅散這些無謂的情緒。他剛剛結束了巡邏，整個海境部落因爲這異常的黑夜不得不增加警戒，除了固定站哨的獵人外，還組織了巡邏隊伍，確保部落外圍的安全，數日來緊繃的氣氛壓得每個人喘不過氣。

但比起黑夜，更讓阿帝斯心煩的是霧顏的態度。

從巡邏開始到結束，霧顏一直冷著臉，完全不往阿帝斯看上一眼，他知道霧顏在氣什麼——獵季狩獵時，自己不該擅自脫隊。

可是阿帝斯別無選擇。

無論如何，他都必須向吉米克打探情報。

無首者——傳說中的怪物，這一兩年來開始在北方的部落之間出沒，已經有無數獵人在森林中目擊，隨之而來的是許多變成了廢墟的小部落，裡頭的居民全都突然消失。

阿帝斯的直覺告訴他，這種詭異的情況絕對與遠古惡靈有關。

吉米克所帶領的深谷部落隊伍昨天啓程了，他們也非常擔心深谷部落的狀況。

阿帝斯的腦海浮現出那隻獼猴——那個被遠古惡靈附身的可怕生物，他記得牠詭異的雙眼，記得牠那讓人不寒而慄的低語，每當想到這些，他的心臟就像被繃緊的弦，咬緊的牙齒讓牙根隱隱發疼。

走進小屋，他才剛坐上床鋪，忽然一道黑影出現在眼前，下一瞬間，他的身體猛然失去平衡，被人從地面抬起。

「喂！」阿帝斯反應迅速，試圖掙脫，但對方的動作比他更快，他還沒來得及掙扎，已經被扛上肩頭。

「混蛋！枇亞，你在幹麼？」

阿帝斯憤怒拍打對方的背，然而枇亞像塊岩磐一般完全不爲所動，腳步飛快地衝出小屋。

「放我下來！」

「不行！」

阿帝斯怒不可遏，手掌猛地反掐住對方的腰。

「嗚哇！」怕癢的枇亞驚叫一聲，雙腳膝蓋一軟，兩人瞬間失去平衡，滾倒在地。

「你到底在搞什麼東西？」阿帝斯從地上跳起來，搓著撞到地面的肩膀。

「你還敢說咧，你又在搞什麼？」枇亞拍掉身上的泥土，一臉理直氣壯地反問。

還沒等阿帝斯回話，又是一道人影從側邊竄出。

「什——」

阿帝斯來不及反應，頸子上突然一緊，一條繩索套住了他的脖子！

「該死！」

還沒等他掙脫，繩索已經迅速纏上他的雙手，然後沿著軀幹勒緊，他嘗試掙扎，但繩索越收越緊，顯然拉繩的人技巧熟練，沒有給他反抗的機會。

更糟的是，對方正準備將他的雙腿也一併捆住。

阿帝斯咬牙，猛然屈起雙腿，然後用力一蹬！

「啊啊啊啊！」

拉繩的人被這股力量拽倒在地，手中的繩索鬆開，阿帝斯趁機解開束縛，回頭怒瞪著對方——

「帕樂絲！」

只見帕樂絲手裡還握著繩子，俏臉漲得通紅，氣得直跺腳。

「別想逃！枇亞，揍扁他！」她大叫道。

「可是我從來沒打贏過他耶……」枇亞猶豫地看著阿帝斯，一臉爲難。

「你們兩個究竟是在鬧什麼？！」阿帝斯怒吼。

「你還敢吼！」帕樂絲怒氣沖沖。

「叫你去拿個箭袋很困難嗎？已經過好幾天了！你要不是找藉口拖延，要不就是跑得不見人影，我今天就算殺了你也要把你拖過去！」

「殺……不可以殺掉啦，嵐音會難過的！」枇亞慌忙拉住她的手。

「笨蛋，我當然知道啊，那樣說只是代表我的決心而已！」

「妳的決心有點奇怪……」枇亞小聲地嘀咕。

阿帝斯瞪著氣到快哭出來的帕樂絲，覺得自己的頭痛得快裂開。

他一直都知道，這個從小一起長大的表妹脾氣倔得要命，和她吵架根本是浪費時間，自己絕對吵不贏她。

但最糟的是，帕樂絲說的話都是對的，他知道自己其實在逃避，他害怕看見嵐音變老，害怕日子一天天過去，嵐音也一步步接近死亡。

而他無能爲力。

「我知道了，是我的錯。」他舉起雙手投降，嘆了口氣。

「我現在就去靈屋找嵐音，對不起。」

說完，他轉身往靈屋的方向走去，丟下愣在原地的兩人。

直到阿帝斯的身影完全看不見了，帕樂絲才笑著拍了拍一臉錯愕的枇亞肩膀。

「你看！我就說凶狠一點會有用的。」

3

阿帝斯站在靈屋前，掌心微微發熱，指縫滲出汗水，他不由自主地將手掌在外衣上擦了幾下，然後才敲了敲竹門。

沒有回應，阿帝斯又敲了一次，門開了一條縫，這才發現門沒拴上。

他打開門，腳步比平時沉重許多，不是因爲疲憊——他早已習慣長時間巡邏的勞累，而是那股從胸口升起、盤旋不去的鬱悶感。

三年了，他對嵐音的內疚不曾減少。

每次靠近這間靈屋，他就感覺喘不過氣，那一頭白髮，並不是歲月的結果，而是詛咒的痕跡。

如果那一天她沒有爲了保護他而站在惡靈與他之間……她的命質就不會被奪走。

「總覺得我有好多人需要道歉。」阿帝斯低聲喃喃，語氣中透著焦躁與懊惱。

然而當他踏進屋內，迎接他的不是嵐音的身影，而是異常的寂靜。

火堆完全熄滅，不僅沒有火星，就連餘燼都被水澆過，地上的炭灰泥濘一片，連半點溫度都不剩。

這在部落中極不尋常，除非要長時間離家，否則屋內的火堆從不會被這樣澆熄。

阿帝斯的眉頭深深皺起。他迅速了一圈屋內，除了少了嵐音，其他物品似乎都還在原位——牆邊的陶罐、竹架上的器物、曬乾的藥草、串起的陶珠，全都沒有被帶走，屋內異常安靜。

倒是有一件東西沒看到，那就是帕樂絲這幾天一直在嘮叨的，嵐音爲他製作的箭袋。

「……她去哪了？」他喃喃自語著，語氣中帶著一絲惶然。

正當阿帝斯思索著，該先去頭目枷道的家屋還是要去瓦利的家屋時，門外傳來一陣聲響。

阿帝斯走出靈屋，眼前是一道熟悉的身影。

是小黛——嵐音的母親，也是海境部落的祭司之一。

她手持玉矛，另一手則舉著一根燃燒著的火炬，肩上背著沉甸甸的皮袋與竹筒，背脊挺直，眼神如同星光一般清冷。

「走吧，嵐音在等你。」

「等等，她去哪了？她……怎麼不在靈屋裡？」

「我帶你去見她。」小黛語氣平穩，卻不容抗拒。

她將皮袋與竹筒掛在阿帝斯肩上，轉身便快步前行。

阿帝斯遲疑了一下，最後還是緊跟在後。

他原以爲自己對部落周邊的地形已熟稔無比，三年來，他爲了找到那隻獮猴，走過無數小路與獸徑，甚至連伊布也不曉得的暗徑都瞭若指掌。

但這次，小黛帶他走的路卻有許多他從未踏足過的，他們輕易繞過了哨站，甚至避開了巡邏隊伍通常會經過的土丘。

「這條路……連我都不曉得。」阿帝斯忍不住說道。

「這是只有我們知道的路。」小黛冷淡地回道。

……我們？

阿帝斯皺眉，不明白她話中的意思，但又不敢追問太多。直到他們來到靠近巨石河河床的坡道時，小黛終於停下了腳步。

風從河谷中湧上來，帶著濕冷的水氣與岩石的氣息。

「阿帝斯。」她轉過身，語氣嚴肅。

「是！」阿帝斯不自覺地挺直了身體，大聲應答。

小黛目光如炬，直直地盯著他。

「我以海境祭司的身分任命你，成爲保護嵐音完成任務的勇士。」

「啊……？」阿帝斯一愣。

「你可以答應，或是拒絕。」

「我……」他張口欲言，卻發現自己根本不明白任務的內容。

「你是否願意承擔這個重責大任？」

「什……什麼意思？嵐音……要去哪？要做什麼？」

「你若不願意，還有其他人可以勝任。」

「我願意……我願意保護她！」阿帝斯連忙喊道。

「……是嗎？」小黛深深地嘆了口氣，不知是欣慰還是遺憾。

她解下竹弓與玉矛，交到他手中。

接著她又從腰帶中抽出一支未點燃的火炬，將其靠近自己手中的火炬，點燃後遞給阿帝斯。

「嵐音在河谷等你。」

說完，小黛伸出手，抓住阿帝斯的後腦杓，將他的額頭輕輕貼上自己的額頭。

「好好保護她，把她帶回來。」

「是……」阿帝斯低聲回應，聲音沙啞。

「她選擇了你。」

小黛說完，便轉身離去，火光跟隨著她的身影，緩緩融入夜色中。

阿帝斯呆立原地，胸口像是被重重敲了一記。

他握緊手中的火炬與玉矛，深吸一口氣，邁步走下通往河谷的坡道。

石塊在腳下鬆動，夜風呼嘯而過，他的心跳幾乎蓋過了耳邊所有聲音。

然後，他看見了。

在不遠處的樹下，嵐音靜靜地坐在一顆光滑的河石上，身旁插著一根火炬，微弱的火光映照出她側臉的輪廓，她的白髮隨風輕輕飄動，宛如夜霧中閃爍的銀絲，臉上的表情雖然有點模糊，但阿帝斯知道，她一定是微笑著。

從很久以前開始，每次見到阿帝斯，嵐音總是在笑。

「她選擇了你。」小黛離開前的這句話在他腦中反覆迴響著。

無數悔恨的思緒流過腦海，阿帝斯低下頭，看著手中的火炬。火光在夜風中搖曳，他的影子在地面上拉得修長，與嵐音的影子漸漸靠近，然後交疊。

他終於踏出最後一步，走到嵐音身旁，低聲說了他早就該說的話。

「對不起，我來晚了。」

嵐音抬起頭，她微笑著，是從內心流露的，有如光芒一般的笑容，讓他再也無法別開視線。

「沒關係。」

4

嵐音和小黛走在夜幕之中，空氣異常寂靜，只有雙腳踩踏在地上的聲音伴隨著她，天空中的雲霧像是凝結成一層黑繭，籠罩著整個大地，不肯散去。

海境部落頭目枷道的家屋就在前方，屋簷下垂掛著獸骨，在微風中輕輕搖晃，發出輕微的碰撞聲，窗架的縫隙中，透著昏黃的火光。

嵐音輕輕推開門，家屋內的空氣帶著藥草的味道。

沒有看見枷道和法歐的身影。

「爺爺和婆婆呢？」嵐音低聲問道。

「去跟氏族長老們開會。」小黛將準備熬煮的藥草放進手中的籃子裡，嘆了口氣。

「異常的黑夜持續十幾天了，他們必須商討對策。」

「爸爸也在那裡？」

「嗯，身爲下一任頭目，他得確保部落的安危。」小黛放下裝著草藥的籃子，抬頭看向嵐音。

「去吧，芭黛婆婆一直在等妳。」

嵐音繞過石柱，來到家屋的另一端，曾祖母芭黛躺臥在以鹿皮鋪墊的竹床上，面色慘白，雙眼深陷，臉上的皺紋彷彿刻印於肌理之中，每一道都寫滿了歲月的痕跡，她早已年邁的身體在連日的臥床後更顯虛弱，但那雙眼眸依舊漆黑銳利，像是能夠穿透靈魂深處的矛尖。

「妳來了。」芭黛微微睜眼，看著她，聲音低沉沙啞。

嵐音點點頭，在床鋪邊坐下。

「小黛說，妳聽見了呼喚聲？」芭黛問道。

「是的，那個聲音……是一個女孩，一直從遠方傳來，像是在呼喚什麼。」

芭黛閉上雙眼，輕輕吐出一口氣，她停頓了一會，才緩緩開口。

「祖靈告訴我，那個呼喚妳的女孩，遭受了和妳相同的痛苦。」

「和我……相同的痛苦？」嵐音訝異地問道。

「遠古惡靈不會滿足，除了生命力，它還想要別的東西。」

芭黛望著嵐音，語氣中透露著不捨。

「只有妳能聽見她的呼喚，妳必須去找到她，阻止遠古惡靈的計畫。」

「去……找到她？」嵐音低頭看著自己，雖然在樹皮布裙和法術的幫助下勉強可以打理生活起居，甚至幫忙縫紉和製作器具……

「可是……可是我要怎麼找到她？我必須橫渡巨石河，還要穿越北方的森林，我……我太弱了……」

嵐音抿緊嘴唇，指尖不自覺地抓緊了膝上的裙襬。她的心臟跳得很快，腦袋一片混亂。巨石河以北的土地，是巨石部落的勢力範圍。

更何況，要阻止遠古惡靈的計畫……嵐音想起了那隻獼猴閃爍著螢光的眼瞳，只是為了保護阿帝斯，就已經耗盡了全力，當時若非有大人趕來，自己和阿帝斯都必死無疑。

……真的能夠辦到嗎？

「沒有人天生就強大。」芭黛輕輕撫摸著嵐音的白髮。

「但是，在這個世界上，有些力量，正是為了那些知曉自己脆弱的人而存在。」

嵐音望著這位見證過無數生命更迭的老人，她的眼神溫和卻深邃，卻帶著一種不可動搖的意念。

嵐音的內心泛起波瀾，像是有什麼被撼動；她仍然害怕，但有一種更強烈的情緒在心底甦醒——她還未能看清楚這個情緒的全貌，但它正在驅使她邁出腳步。

只有自己能夠聽到那女孩的呼喚聲，如果不去，其他人無法代替。

「我明白了。」

當嵐音走出家屋時，小黛站在前庭，靜靜地看著她。

「我真的可以去嗎？」嵐音低聲問。

小黛沒有回答，只是溫柔地看著她，像是在審視，但目光中似乎隱約透露出掙扎。

沉默了一會後，她緩緩開口。

「如果是出於私心，我一定會阻止妳，我不希望妳再承受更多痛苦了。」

嵐音睜大眼睛，驚訝地望著自己的母親。

「但我也聽見了祖靈的聲音，我知道芭黛婆婆說的是眞的。」

小黛摟住嵐音，嵐音感覺到溫熱的液體滴落在自己的肩膀。

「如果妳想要的話，我可以當妳的護衛，陪妳一起去。」

小黛擁有部落長老經常提起的古老傳說「風神的賜福」，那是一種射箭百發百中的特殊能力，小時候，嵐音還半信半疑，直到第一次在獵場看見母親射箭，那是爸爸和卡修叔叔，或是伊布舅舅這樣的射箭高手都望塵莫及的準度。

只是小黛從來就不把「風神的賜福」掛在嘴邊，甚至她明明就擁有賜福了，練習的次數還是比大部分獵人都多，這還是她在做完祭司的工作之後用剩餘的零碎時間來練，嵐音甚至認爲，母親眞正得到的賜福恐怕是那深不見底的體力。

如果由小黛護衛，應該抵得上五個狩獵團的獵人吧。

嵐音的射箭能力雖然不算差，小時候排在帕樂絲和阿帝斯之後，但以她現在的力氣，大概連弓都拉不開了。

嵐音抿緊嘴唇，心裡閃過無數情緒——疑惑、掙扎、不安，最後，逐漸沉澱下來，化爲某種近乎固執的決心。

「可是，妳是祭司，守護部落是妳的責任，我希望，在我離開的時候，媽媽和爸爸能夠守護著海境部落。」

她輕輕拍著母親顫抖的背，然後閉上眼睛，傾聽。

遠方的那道聲音，仍在呼喚著。

間章 大地女神

在最初，天地還未成形，整個世界是一片沉睡的泥土；當第一縷微光穿透深沉的黑暗，大地緩緩醒來，從沉睡中誕生出一位擁有廣闊身軀與溫暖氣息的存在——大地女神。

她聽見自己的心跳聲，那是岩漿噴發的聲響，令她感到渾身熾熱，流出汗水，下雨形成海洋，無數的島嶼隨之誕生，她呼出了一口氣，形成永不止息的風，雨水與風的出現，使大地女神覺得涼爽了許多。

她睜開雙眼，形成太陽與月亮，大地女神看見自己渾身覆滿了濕潤的泥土與粗重的岩石，灰灰黑黑的，看起來有些單調，她用手挖起自己身上的泥土，將它捏塑成一個高大而穩重的身影。這身影昂然挺立，從腳底生出長長的根，一直扎進大地深處。

「你是老樹靈，你是所有樹木的始祖。」大地女神說。

「我將守護您的身體，讓雨水無法再輕易沖刷您的泥土，我會深根於地，緊緊抓住您。」老樹靈許下承諾。

大地女神微笑，又將掌心中殘留的泥土碎屑揉搓，捏成一個小巧輕盈的形體，那形體隨風而動，在她的手中跳著舞蹈。

「你是草靈，你將成爲所有野草的培育者。」大地女神說。

「我會在您的身體上繁衍，讓整個大地遍布繽紛的青翠。」草靈許下承諾。

兩位靈體立於大地之上，開始各自的使命。時間過去了多久，沒有人知道，但某日，老樹靈來到大地女神面前，聲音帶著焦急。

「大地女神啊，我的樹苗長不大了，草靈繁衍太快，她的野草吸走了太多您的乳汁，我的孩子們餓得枯黃，無法生長，連根都抓不住土壤。」

大地女神沉默片刻，然後伸手從自己身上取出一塊岩石，並將其一分爲二，接著她用指甲分別在兩顆石頭上雕琢，慢慢地，動物的軀體在她手中成形，分爲一雄一雌，牠們都雙眼明亮，牙齒整齊，四肢細長，跑得很快。

「你們是鹿。」大地女神說。

「你們將奔跑於大地，吃掉那些過於茂盛的野草，讓樹苗有空間生長。」

雄鹿與雌鹿低頭恭敬地行了一禮。

「你們將擁有草靈的繁殖力，讓你們族群各地奔走，幫助我維持平衡。」大地女神說道。

兩隻鹿點點頭，奔跑離去，消失在遠方的地平線。

過了不久，老樹靈又回來了，這一次，草靈也一同前來。

「大地女神，鹿繁殖太多了！」草靈喊道。

「牠們吃光了我的孩子，連根都不剩！」

「不只如此，他們無法分辨草與樹苗，我的孩子們也全被啃掉了。」老樹靈的臉色更糟。

大地女神蹙眉，又從自己身上又剝下了一塊岩石，也將其一分為二，這次，她刻出兩隻靈巧而充滿力量的生物，四肢粗壯但身體柔軟，牙齒鋒利，動作敏捷，身上的斑紋有如森林中的影子。

「你們是雲豹。」大地女神說。

「你們將擁有如同老樹靈般強韌的身體以及勇敢的心，捕食那些繁衍過多的鹿群，守護這片土地的秩序。」

兩隻雲豹低頭恭敬地行了一禮，大地女神轉向老樹靈。

「請為牠們提供樹上的枝幹，作為歇息之處。」

老樹靈點頭答應，兩隻雲豹轉身躍入林中。

時間流轉，再沒有人來向大地女神抱怨，就在女神以為終於可以鬆一口氣的時候，她的身上傳來一聲輕嘆，那是一塊未被雕刻的岩石，而在它旁邊，有兩個巨大的窟窿，那是被用來雕刻鹿與雲豹的岩石原本所在的地方。

「大地女神……」那岩石恭敬地說。

「我很孤單。我的伙伴們都已被您派往地面執行任務。請讓我也去和他們相聚吧。」

「你想要什麼樣的形體呢？」女神問。

「請給我能看得很遠的眼睛，讓我能看見我的伙伴們，爲了報答您，我願意守望整座大地，見證您創造的每一處美景。」

女神微笑著取下那塊岩石，將其一分爲二，雕出兩隻擁有巨大羽翼與銳利目光的猛禽。

「你們是熊鷹。」她說：「我不會給你們老樹靈或草靈的力量，但你們可在老樹靈的枝椏間築巢，以草靈的子嗣爲築巢材料，你們將是天空的守望者。」

熊鷹振翅高飛，帶著風聲衝上天際。

在那之後，女神又應要求雕刻了許多動物，熊、蛇、豬、魚、蟲，每一種動物都有各自的職責。

最後，她感到有點疲倦，正想小睡一會時，忽然發現腳邊，那些製作老樹靈與草靈時遺留下的碎屑，以及岩石的碎塊。

她一時興起，輕輕地將它們揉捏在一起，用老樹靈的枝條作四肢與軀幹，用岩石與泥土揉成頭顱與胸膛，再以草靈的根鬚鋪於表面，成爲毛髮。

由於有許多用剩的材料，所以大地女神這次也製作了一雄一雌。

「你們是人類。」

男人和女人睜開雙眼，望著大地女神，臉上充滿期待。

「我們有什麼任務呢？」男人問道。

女神被這個問題問倒了，因爲她並不是應任何生靈的要求而作出人類，甚至也不是出於自己的目的，她的眼中第一次閃過遲疑。

思考一段時間之後，大地女神終於開口。

「……你們沒有被指定任務，但你們可以選擇。」

「選擇？」女人重複著這句話，一臉疑惑。

「是的，你們的身體由眾多使者的碎屑組成，你們擁有他們的特性。但要如何使用這些特性，全由你自己決定。」

兩人垂下頭，似乎在因爲自己沒被委付重任而悲傷。女神連忙安慰他們。

「別難過，等你們死了，你們的身體會回到我這裡，我就能知道你們一生的故事，你們將成爲我的記憶。」

聽到大地女神這麼說，兩人這才露出笑容。

「我明白了！我會努力帶給您最精彩的故事。」女人說道。

「那就去吧，我有些睏了，想小睡一下。」大地女神一臉倦容，「離開前，你們能爲我唱歌嗎？」

兩人點點頭，他們仰望天空，歌聲從喉中湧出，唱起了女神創造世界萬物的故事，歌聲穿越山巒，撼動了太陽與雨水，吸引他們一同前來聆聽，最後趕來的風，將那歌聲帶往世界的每個角落。

大地女神終於沉沉睡去，爲了獎賞人類的歌唱，她承諾人類可以再以歌聲將她喚醒。

而人類，也開始了自己的旅程。

第三章・長夜

1

巨石部落的前任頭目之子——伊亞司緊握手中的玉矛，步履急促地穿越獵場的樹林，而他的母親，巨石部落的祭司娜莉蒂緊隨其後，耳上懸掛的圓形玉玦在火炬的光線映照下微微反光，顯示她的祭司身分，但與海境部落的祭司不同，娜莉蒂的手背上沒有任何紋印。

黑夜持續了十多天，氣溫隨之降低，森林中的某些樹木因提早到來的寒冷而枯萎，地上堆積了許多落葉。

兩人已經走了好幾天，就連素來身強體壯的伊亞司也覺得疲憊和寒冷，儘管身上穿著鹿皮背心，仍然凍得直搓手。

娜莉蒂站在一棵茄冬樹下，閉上雙眼，口中低聲吟唱著古老的歌謠，伊亞司知道，母親正在與樹木的靈對話，試圖請求協助尋找某樣東西，然而在他看來，他們只是一直在獵場附近兜圈子，毫無進展。

「這個地方我們已經走過第二遍了。」伊亞司終於忍不住開口，語氣帶著些許不耐煩。

娜莉蒂沒有反應，繼續低聲吟唱，彷彿沒有聽見伊亞司的話。

伊亞司嘆了口氣，環顧四周，在黑暗中待了太久，他感到內心焦躁。

「我們到底在找什麼？」他再次問道。

「一個哀傷的靈魂。」娜莉蒂終於回答

「妳沒有回答我的問題，我是說具體來說，我們到底在找什麼，人？動物？石頭？還是樹木？總該給我一個明確的形狀和大小，這樣我才有辦法幫忙吧！」

「你的要求很不合理。」娜莉蒂冷哼了一聲。

「哪裡不合理了，我只是想知道要找的目標長什麼樣子……」

「你覺得這些樹有長眼睛嗎？」

「呃……」

「假如你沒有眼睛，只感覺腳邊被某個東西碰觸到了，但並不只有腳邊，而是屁股、大腿、還有背後都被碰觸了，請問你要怎麼判斷那個東西多大？」

「會碰到腳邊，那應該是小東西……」

「眞的嗎？那我現在踩你一腳，我就會變成小東西嗎？」

對於娜莉蒂的反問，伊亞司一時無話可回，脹紅了臉。

「對不起！是我沒搞清楚，我不會再多嘴了，妳繼續對樹木唱歌吧！」

說完，伊亞司便氣沖沖地走到另一棵樹下，一屁股坐在地上。

他將火炬插在身旁的地上，光線搖晃不定，把他周圍的枯葉與草叢映成一團朦朧的灰影。

而娜莉蒂又開始了吟唱。

她依舊站在茄冬樹下，但曲調卻換了一首，那聲音若有似無，有如微風吹撫著樹梢；雖然歌詞有些差異，但伊亞司記得這首歌的曲調，小時候，娜莉蒂總會唱這首歌哄他入睡。

可現在，他聽了只覺得煩悶。

不是因爲歌曲的問題，那旋律依舊優美、平靜，像是在對夜空低語，但這幾年伊亞司的內心早已被其他雜音塞滿。

……那些該死的長老們。

只要有他們在，就只有永無止境的爭吵，各氏族顧自己的利益是理所當然，但總要有個限度，而且最讓伊亞司憤怒的是，這些人沒一個願意擔負起責任，總是想等麻煩自己消失。

幸好身爲祭司的母親個性強硬……不對，說不定就是因爲這些長老的關係，母親才變成這樣的個性。

現在長老們再怎麼內鬥，也只會吵關於耕種和狩獵的事情，他們還沒膽子管到祭儀的事。

可那是在母親面前，伊亞司的姊姊谷菈絲才剛成爲祭司不久，長老們很明顯對她就沒那麼敬畏，雖然在和大氏族出生的姊夫結婚後情況稍微有些好轉，但要讓長老們閉嘴恐怕還需要幾年的時間。

離開部落這麼多天，伊亞司連在睡夢中都能看見谷菈絲愁眉苦臉的表情。

「那些老傢伙要是眞的亂起來……」他喃喃低語，眼神陷入火光的閃爍中。

母親的歌聲繼續在耳邊飄蕩，卻似乎比剛才更輕了些，幽微得彷彿快要聽不見。

不對……似乎是真的聽不見了。

「嗯？」

伊亞司轉頭一看，心頭猛地一震——那棵茄冬樹下空無一人。

「母親？」

他立刻跳來，抓起火炬，來到茄冬樹下，將火光往地上映照，只見落葉與泥地間，印有一道明顯的足跡。

「可惡……」他咬牙，立即順著足跡的方向跑去。

黑夜如漆，林木的枝葉被夜風吹得沙沙作響，火炬的光映在兩側的樹幹上，反射出斑駁的影子。

終於，在一片灌木叢的後方，他找到了那熟悉的背影。

娜莉蒂蹲伏在一叢草旁，似乎在觀察著什麼。

「……妳一聲不吭就跑掉是怎麼樣？我剛剛還以為妳……」伊亞司氣喘吁吁地怒道。

「噓。」

娜莉蒂舉起手，示意他安靜。

「怎麼了？」伊亞司立即壓低聲音。

娜莉蒂伸手指向遠方的谷地。

「你看那裡。」

伊亞司順著方向望去，只看見一片黑暗，但漸漸地，他的眼睛捕捉到一些閃爍的微光。

「那裡有人？」

「那是緣溪部落。」娜莉蒂回答。

伊亞司頓時倒吸一口涼氣。

緣溪部落，那個很久以前就從巨石分出去的小部落，人口只有二十多人，每年獵季時都會共享獵場，一起圍獵，伊亞司也曾去拜訪過好幾次。

直到半年前，緣溪部落卻突然集體失蹤，不知去向，只在他們家屋附近發現幾灘血跡，與數根折斷的箭桿。

可是在那之後，部落裡開始有獵人在遠處目擊到沒頭顱、卻能行動自如的——無首者。

「我們走吧。」娜莉蒂的聲音響起。

「……妳該不會想要過去吧？」伊亞司覺得這不是一個好主意。

「對，你也是。」她回頭看他一眼，那是沒有打算商量的語氣。

伊亞司皺起眉頭，但終究還是得聽從命令，他熄滅了火炬，只留下可以再次引燃的火種，兩人悄無聲息地走入黑暗中，前往微光的所在地。

2

「妳還好嗎？」

阿帝斯擔憂地看著嵐音，即使只在微弱的火炬光芒映照下，也能看出她面無血色，彷彿隨時都會倒下。

嵐音沒有立刻回答，她雙唇泛青，眼神失焦，額頭滲出汗珠，只是輕輕點了點頭，但這個動作卻讓她皺起臉，像是連這點力氣都使得極爲困難。

「我們找地方休息。」

阿帝斯將嵐音抱起，感覺到她皮膚異常冰冷，他環顧四周，這裡是被稱爲緣溪部落的小聚落，去年他前往深谷部落時並未來到此地，僅在山腰上遠遠眺望過。

現在，這裡已經空無一人，阿帝斯想起吉米克所說過的傳言，有許多北方的小部落突然變成廢墟……

這裡並不安全，但嵐音還是得要休息。

終於，他發現一處棚屋，原本大概是用來作爲工坊的場所，雖然沒有牆，但柱子還算穩固，棚頂上的乾草還在，勉強能擋住冷風。

他抱著嵐音走過去，將火炬插在一旁的竹架上，然後小心地將她放下，接著快速鋪設了一席乾草，並將自己的外衣覆蓋在乾草上，才讓嵐音坐上去。

「吃點東西？」阿帝斯問道，將掛在肩上的竹筒遞給嵐音。

嵐音搖搖頭，只接過竹筒勉強喝了一口水，她的呼吸有些紊亂，雙手關節腫脹，皮膚有如枯葉。

……不能再硬撐下去了。

「你能不能……暫時離開一下？」她聲音微弱，像是從喉頭擠出來的氣音。

「妳說什麼？」阿帝斯一愣。

「我現在要用樹皮布裙淨化惡靈的詛咒……我不希望你在場。」

「我不能離開，這樣很危險！」

「可是……我不希望你看到……」

嵐音抬頭望著阿帝斯，她的外貌正在快速衰老，三次呼吸之後，阿帝斯屈服了。

「我不會走遠。」他低聲說。

「我就在那邊的屋簷下，如果妳需要我，只要喊一聲，我立刻過來。」

嵐音看著他，點了點頭。

「謝謝你。」

3

伊亞司蹲在草叢中，屏住呼吸，不可置信地看著眼前發生的事。

他原本只是說服母親娜莉蒂先在外頭的樹林中等待，讓他先行進入部落探查，確認有無危險，然而，眼前的詭譎景象並不在他的預期內。

棚屋下，火炬搖曳著昏黃的光，一名矮小的白髮老婆婆正低聲吟唱，她佝僂著身軀，身上並未佩戴任何玉飾，嗓音沙啞，卻帶著一種悅耳的旋律；更令人驚駭的是，那老婆婆的身體竟被鮮血所包覆著，隨著她的吟唱，鮮血也隨之在她身上流動著。

伊亞司屏住呼吸，心跳加速，腦海中浮現出各種母親過去講述過的可怕故事，思索著故事中曾出現哪些嗜血的怪物。

他緊握手中的玉矛，試圖讓自己冷靜下來，根據母親的指示，無論發生任何事都不可輕舉妄動，然而，一股怒火在他胸中燃起。

那名白髮老婆婆身上的血液流動突然改變了，彷彿被歌聲驅動著，血液流向她的手指，詭異的是，隨著包覆在身上的血液減少，老婆婆的臉龐竟逐漸年輕起來，皺紋消退，肌膚恢復光澤，最終變成了一位美麗的少女。

「她在吸取血液，讓自己變年輕？」

伊亞司瞪大雙眼，緣溪部落的居民面孔在他腦中一閃而過，他再也無法按捺，從草叢中一躍而出，衝到少女面前，玉矛的矛尖直抵她的咽喉。

「妳是誰？妳對這個部落的人做了什麼？」伊亞司厲聲質問。

少女被突然出現的伊亞司嚇了一跳，停下了吟唱，滿臉驚慌，鮮血再次從她的手指和身上的衣服流出，染紅了她坐的衣物。

「站起來，回答我的問題！」

少女連忙掙扎著想起身，但她流下的血已經浸濕了屁股下方的一整件外衣，她支撐身體的手滑了一下，整個人隨即趴倒在地。

伊亞司一驚，快速抽回玉矛，但矛尖已經在少女的頸子劃了一道淺淺的口子，但傷口並未出血，而是變成一道黑色的印記。

「……怪物。」

正當伊亞司打算一矛刺下，消滅這個邪惡的生物時，卻突然注意到少女身上穿的連身裙，皺起眉來。

這是……樹皮布？

母親似乎曾在祭祀中穿著這樣質料的衣服，難道這個少女不是怪物，而是……不……不可能，她可是連一枚玉飾都沒有配戴？

「妳該不會……」

話音未落，驀然一支長矛出現在眼前，伊亞司本能地揮動矛柄，將其擊落，但下一個呼吸，自己的腹部已經被重重地砸了一拳。

伊亞司反射地往後一跳，但腳步踉蹌，感覺視野不停搖晃，有東西快要從喉嚨湧出，但伊亞司將其硬吞了回去。

當他回過神時，一名少年已經站在他面前。

少年身型與伊亞司相仿，臂膀結實，肌肉線條明顯，雙眼冒著怒火，像是頭受傷的猛獸。

「等——」伊亞司剛開口，少年已再次撲了上來。

少年速度極快，他舉臂格擋伊亞司迎面刺來的玉矛，手腕與矛桿碰觸，玉矛被撥偏，伊亞司隨即整個人被少年撞倒在地。

伊亞司放開玉矛，他伸手抓住少年的左臂，翻身想壓制對方，卻被少年頂開，他咬牙揮拳，朝少年側腹猛捶，但少年的身軀卻完全不所動，反手一拳砸在伊亞司的下顎，頭往後仰，他感覺眼冒金星，腦袋嗡嗡作響，他再還一拳，卻被對方一手抓住，整個人被壓在地上，半邊臉陷進泥裡。

伊亞司怒吼一聲，身體扭動，往後一躍，想要與對方拉開些許距離，但少年的速度更快，一隻粗硬的手掌扣住了伊亞司的脖子，接著膝蓋一撞，再次將伊亞司帶回地面。

怎麼可能？他可是巨石部落的勇士，是成年後從沒輸過任何一場較量的伊亞司，但現在他卻像是獵物般被壓制在地，他掙扎扭動，拚命想掰開對方的手臂，只是一切都是徒勞無功。

視線越來越暗，只剩下自己越來越微弱的呼吸與心跳。

忽然，一道水柱直沖而來，擊中少年的側臉，濺起大片水花，落在伊亞司臉上。

少年的手指鬆開。

伊亞司抓住這唯一的機會，用全身僅存的力氣往旁一翻，滾進一堆乾草堆中，狼狽地咳嗽著，像是要把肺整個咳出來，他雙手撐地，吐出混著泥巴的唾液，眼前發黑。

他一邊喘氣，一邊摸索著爬回玉矛旁，手指扣住矛柄，但還沒拉起來，就感覺到一股沉重的力量從矛桿傳來。

他抬起頭。

少年仍站在原地，踩著玉矛的另一端，濕髮貼著臉頰，水珠滴落，沿著下巴滑到胸口，他沒再追擊，反而轉頭看向棚屋方向。

白髮少女仍坐在鹿皮上，她面色蒼白，唇邊浮現一抹勉強擠出的微笑，眼神溫和，像是在安撫著少年。

而在她身旁，站著一名中年女子，是娜莉蒂，她滿臉怒氣。

「你這笨蛋到底在搞什麼！」

4

雖然已經頭疼欲裂，但伊亞司還是被娜莉蒂給用力敲了一下腦袋。

「非常抱歉，我這個笨兒子害妳受傷了。」

雙方簡單地自我介紹後，娜莉蒂就一直在向嵐音道歉，作為加害者本人的伊亞司也低下了頭。

畢竟，他差點就因為誤會而殺了海境的祭司學徒，一想到可能會因此而爆發的部落戰爭，現在乖乖低頭認錯絕對是比較好的作法。

「沒關係，那個景象確實會讓人覺得很可怕，我自己也不喜歡讓人看到。」

嵐音微笑著說道，她已經用吟唱將滴在外衣上的血液導引回樹皮布裙上進行再次淨化，然後經由指尖的傷口輸回體內。

但那些滴進土壤的血，就永遠流失掉了。

「真的很對不起。」伊亞司說道。

嵐音再次擠出一個笑容，然後緩緩地站起身。

伊亞司下意識地向前一步，抬手想去攙扶她，但一道手臂橫在半空中，阻住了他。

阿帝斯站在他面前，眉頭緊蹙，眼神冷得像石頭，他一手撐住嵐音的肩膀，另一手擋在伊亞司面前。

「我來就好。」他的語氣不嚴厲，但也並不友善。

伊亞司停下動作，想開口說些什麼，卻什麼也沒說出來，只是目光停在嵐音的頸側，那裡有一道細長的黑印，正是方才玉矛劃過留下的痕跡。

……剛剛自己還叫她怪物。

「沒事的。」娜莉蒂走過來，拍了拍伊亞司的肩膀。

伊亞司點點頭，默默繞過阿帝斯，沒有說話，也沒有多看他一眼，他走得不快，但步伐穩定，刻意保持在三人前方幾步的距離，讓自己的背後完整地落入阿帝斯的視野中。

意思是他沒有敵意，也不會再對嵐音做什麼。

四人來到一棟家屋前，屋簷下掛著白森森的獸骨，門窗緊閉，卻是用繩索從外側綁住了。

「我先進去。」伊亞司解開繩索，推門進入。

屋內一片漆黑，空氣裡混雜著霉味與陳年煙燻味，他伸手摸索了一下，找到了牆邊竹架上放的一小袋火絨，以火種點燃後，放入灶石中，加入少許竹片與木屑，很快地橘紅色的火光便將四周照亮。

他回到門口。

「進來吧。」伊亞司低聲說道。

娜莉蒂率先踏進屋內，接著是嵐音，阿帝斯則緊隨其後。

「你對這裡很熟？」阿帝斯掃視了屋內一圈，表情帶著些許警戒。

「這裡是緣溪部落頭目的家屋，我以前有來跟這裡的獵人一起圍獵。」伊亞司蹲在地上，將折斷的竹枝丟入火中。

「他們的人怎麼都不見了？」

「半年前就沒人了，我們搜索過，但還是不知道他們去了哪裡……而且，有人在這附近看到無首者。」伊亞司回答，一邊觀察著阿帝斯的反應。

但聽見伊亞司的回答，阿帝斯只是皺著眉頭，若有所思；這時的他看起來不再像是剛剛那頭狂怒的猛獸，只是個目光略顯稚嫩的少年。

「我也有聽過無首者出沒的傳聞，但地點在更北方……」阿帝斯說道。

「你是從哪聽來的？」

「我的舅舅在深谷部落，那裡經常會有其他部落的人……」

一邊和阿帝斯交談，伊亞司心中鬆了一口氣，這傢伙大概真的跟緣溪部落居民失蹤沒什麼關係，這代表伊亞司無須與他爲敵，伊亞司並非膽怯，但阿帝斯的身手確實驚人。

若是海境的獵人們都有這種力量與身手，那難怪當年部落戰爭會從優勢一路打到慘敗求和，就連上次朽屍肆虐時，意外與海境部落交戰的隊伍也折損了超過一半的勇士。

燃燒的炭火將家屋內的霉味逐漸清除，火光映照著放在角落的陶盆，雖然有煮食的器具比較方便，但四人都沒有使用的念頭，伊亞司拿出了昨天獵到的幾塊山羌肉，以竹枝串起後插在火堆旁。

他分了兩塊給阿帝斯，但阿帝斯搖搖頭，接著便從身上的皮袋裡拿出以月桃葉包裹的小米飯糰，與竹筒一起遞給嵐音。

娜莉蒂和嵐音坐在火堆旁，稍微吃了點東西後，嵐音解釋了三年前的遭遇，以及自己被遠古惡靈奪走命質而導致衰老的身體。

坐在牆邊竹床上的阿帝斯伸手輕捏嵐音的手臂好幾下，顯然他對嵐音的坦誠很有意見。

妳不該什麼都說出來……

嵐音伸手將阿帝斯的手背握住，但她並未回頭，而是以堅定的目光望著娜莉蒂和伊亞司。

「我願意說出自己的過往，是因爲我相信伊亞司剛才攻擊我時，他是眞的爲消失的部落居民而憤怒，如果是這樣，那我想我們雙方的目的應該是一樣的，就是阻止即將發生的災難。」

「災難？」伊亞司問道。

「是的，雖然不知道實際上會發生什麼事，但長夜只是開始，遠古惡靈的目的不只如此，它所使用的法術是先民的法術，似乎可以輕易地奪走它想要的任何東西，它從我身上奪走了命質，這幾年來它一定也從別的地方奪走了某些事物……」

像是緣溪部落的居民們……伊亞司直覺地想到，不由得捏緊了拳頭，但一抬眼卻看見阿帝斯正瞪著自己，連忙移開目光。

嵐音繼續說著。

「……長夜發生的那一天，我聽見了遠方傳來一名少女的呼喚聲，祖靈說我之所以能夠聽見她的聲音，是因爲她遭受了和我一樣的痛苦，她也被遠古惡靈奪走了某些東西，而想要阻止遠古惡靈的計畫就必須先找到她。」

「……我知道了，我相信妳所說的話。」

娜莉蒂望著火光緩緩開口。

「我和伊亞司會離開巨石部落，是因爲祖靈告訴我，有一個哀傷的靈魂正在森林中徘徊，一個曾經是人類，現在卻困在動物軀體內的靈魂。」

「……動物的軀體？」嵐音和阿帝斯對望一眼。

看見兩人的反應，娜莉蒂搖了搖頭。

「我說的不是那隻被遠古惡靈附身的獼猴，而是呼喚妳的那名少女。」

「啊……」嵐音恍然大悟。

「遠古惡靈奪走了她的身體，然後把她的靈魂塞入了動物體內。」

「是的，雖然不了解原理，但很可能是因此而讓妳們都帶有遠古惡靈的詛咒，所以靈魂產生了連繫，讓妳能夠聽見她的呼喚。」

聽完娜莉蒂的話，嵐音轉過頭，看向坐在竹床邊的阿帝斯。

只是一個眼神，阿帝斯就明白了她的意思。

「……妳想找他們幫忙？」他開口說道，絲毫沒有掩飾語氣中的反感。

嵐音輕輕地點了點頭。

……看來是阻止不了她了。

阿帝斯長長地吐出一口氣，像是將心中壓抑的情緒吐盡，聲音裡帶著一絲疲憊，但最終他還是做了決定。

「醜話說在前面，我不信任他們。」他目光直直地射向伊亞司。

「估且不論這個男人剛剛的所作所爲，十幾年前朽屍肆虐的時候，海境部落派出一支前往深谷部落的遠征隊，但那支隊伍在半路上遭到伏擊，死了將近一半的人，那些埋伏他們的人，正是你們巨石部落的血祭隊伍。」

「當時你出生了嗎？」伊亞司問道。

「還沒，但我認識遠征隊裡死去隊員的親人。」

聽見阿帝斯的回答，伊亞司冷哼一聲。

「血祭隊伍的死傷者裡，也有我氏族的族人。」

「那又怎麼樣？是你們先動手的吧，埋伏還被反殺，活該！」阿帝斯怒道。

「你說什麼？」

阿帝斯和伊亞司同時站起身來，家屋內的氣氛瞬間緊繃。

「夠了！」娜莉蒂伸出一隻手，橫擋在伊亞司與阿帝斯之間，讓兩人都停下了動作。

不知爲何，她的手在微微發抖，伊亞司一愣，低頭看了她一眼。

「……當年的事情經過，我非常清楚。」娜莉蒂輕聲說道。

「其實原本血祭隊伍的目標不是海境的遠征隊，是另一個名爲石坡部落的敵對部落……」

她的語氣緩慢，神色哀傷。

「當時的祭司是我母親，血祭是出動部落所有獵人的重要儀式，是對祖靈的誓言，但其中一隊不知爲什麼，突然改變了行動方向，伏擊了海境遠征隊，結果卻遭到反殺全軍覆沒，另一隊發現後想要復仇，也折損了許多人手……當然對海境部落來說，這根本就是無妄之災，可是，巨石部落因爲早年部落戰爭失敗的關係缺乏盟友，血祭是我們在面對巨大災難時僅存的手段……」

娜莉蒂停頓了一下，然後深吸一口氣。

「……在那件事之後，原本氣氛開始緩和的巨石部落與海境部落，再次失去了和解的可能性……我不會奢求海境部落的諒解，但我認爲阻止遠古惡靈遠比清算兩族之間的仇恨重要得多。」

屋內陷入一陣靜默。

阿帝斯看著娜莉蒂，搖曳的火光投在她身後的牆壁上，影子彷彿正在爭鬥不休，彼此撕扯、交纏不清。

「遠古惡靈的目的到底是什麼？」伊亞司問。

對於伊亞司的提問，嵐音搖了搖頭。

「我不知道……但我覺得，關鍵應該就在那名呼喚我的少女身上，現在最重要的就是先找到她……可是，我們對這一帶並不熟悉……」

嵐音看了阿帝斯一眼，繼續說道：

「我的身體太過虛弱，阿帝斯沒辦法離開我太遠，四周又一片漆黑，所以，我很希望能獲得你們的幫助，這並非僅是我個人提出的求助，而是我以海境祭司學徒的名義，向巨石的祭司娜莉蒂與伊亞司所提出的請求。」

「身為巨石部落的祭司，我願意回應妳的請求。」

娜莉蒂看著嵐音伸出的手，眼神不知為何似乎有些哀傷，但她仍然沒有遲疑地握了上去。

「某些長老們肯定會有意見吧？」伊亞司說道。

「反正他們現在不在這裡，我也沒拜託他們出力。」娜莉蒂別過頭去。

伊亞司搖搖頭，放棄了勸說母親的念頭，他只是不想要長老們日後拿這件事爲難母親，但並不想要和長老們站同一陣線。

娜莉蒂一直以來都想和海境部落重啟交流，但遭到某幾個氏族長老們的反對，對那些長老來說，多年前的慘敗是奇恥大辱，現在每年接待一次海境頭目派來的使者已經是他們的底線了。

伊亞司對海境部落的想法較爲單純，他認爲想要了解一個人是敵是友，必須得用自己的眼睛觀察。

他來到阿帝斯面前，試探著伸出手。

「我也願意幫忙，但不曉得妳的同伴能不能接受？」

阿帝斯看了他一眼，令人意外的，阿帝斯也伸出了手，快速地與伊亞司握了一下後，隨即抽開。

「改變主意了？」伊亞司問道。

「我本來就沒有反對，因爲我們確實需要幫助，我現在依然不信任你們，不過即使無法信任，還是可以合作。」阿帝斯面無表情地回答。

「意思就是你會盯著我們是吧？」

「沒錯，如果你不喜歡被監視，隨時可以終止合作。」

對於阿帝斯的言論，伊亞司只是聳了聳肩。

「我無所謂，因爲我也會盯著你，合作並不代表無條件地信任。」

阿帝斯點點頭，坐回竹床上，開始清點皮袋內的物品數量。

氣氛稍稍緩和，伊亞司回到火堆旁，搓了搓有些發冷的手掌，然後轉向嵐音。

「那個少女……妳聽見的呼喚聲，是從哪個方向傳來的？」

嵐音望著火光，嘴角勾起一絲微笑。

「我們就是一路跟著她的聲音，才會來到緣溪部落的。但進入部落之後……聲音忽然變得微弱，現在已經完全聽不見了。」

「莫非……她就在這裡？」娜莉蒂問。

嵐音點了點頭。

5

娜莉蒂站在茄冬樹下，低聲吟唱著。

「她可能要唱好一段時間，你們要不要先找個地方歇息一下。」站在她身後不遠處的伊亞司對嵐音和阿帝斯說道。

嵐音搖搖頭。

「不……剛剛休息很久了，我想聽娜莉蒂唱歌，她正在和樹木對話吧？」

「妳聽得懂？」

「雖然不太擅長，但我聽得懂一些些，主要是樹木的回應，我還沒辦法像娜莉蒂那樣和樹木對話。」

「已經很厲害了。」

伊亞司由衷地稱讚，他從出生以來就聽母親唱這些歌，也聽母親解釋過和萬物對話的方式，但他從來沒聽懂過，更別說對話了。

「我小時候曾經模仿母親唱歌，她每次唱某一首歌時，樹木的枝葉都會沙沙作響，當時我還能發出很高的音調，就想著只要唱得和她一模一樣，那就算聽不懂樹木的語言也可以命令樹木吧，於是我把那一首歌練了非常多遍，覺得一定會成功……」

「結果呢？」一直沉默的阿帝斯開口問道。

「當然什麼都沒發生……大概是我沒有天分吧。」伊亞司苦笑。

「未必喔。」

聽見嵐音的話，伊亞司詫異地看向她，嵐音微微一笑，說道：

「我的意思是你弄錯了和樹木對話的意思，和樹木對話並非命令，娜莉蒂所唱的歌詞中蘊含著強烈的情感，樹木是因爲她的情感而回應，所以如果你只學了曲調和歌詞但沒有相對應的情緒，那麼樹木自然不會回應你，跟你有沒有與樹木對話的天分無關。」

「……情感嗎？」伊亞司咕噥道。

此時，娜莉蒂的歌聲漸漸低了下來，她的嗓音在空氣中逐漸消散。

「她好像唱完了。」嵐音輕聲說。

比伊亞司預想的早了許多，他走向母親，正要開口，卻被娜莉蒂伸手阻止。

娜莉蒂沒有說話，只是靜靜地站著，她的目光投向頭頂那棵高大的茄苳樹，過了一會，一道輕柔的沙沙聲從枝葉間響起，像是低語，又像是一種回應。

沙沙聲逐漸擴散，一棵接著一棵，附近的樹也開始搖動枝葉，不是風，是樹木正在回應。

「跟著聲音走。」娜莉蒂說道。

她踏出一步，腳掌落地，前方一棵老樹的枝葉便搖晃得更加劇烈，彷彿在指引方向。

「我們走吧。」伊亞司說。

嵐音與阿帝斯對望了一眼，一同跟上。

在長夜籠罩的森林中，他們順著枝葉傳來的沙沙聲前行，夜空中只有微弱的月光與稀星，天空一角，黑色雲霧似乎正逐漸擴大，越來越厚，像是要吞噬整個天幕。

地面的樹根滿布苔蘚，阿帝斯不時得伸手攙扶嵐音一把。

不知走了多久，娜莉蒂才終於停下腳步，她來到一棵巨大的茄苳樹前，樹木的主幹上有一處狹長的樹洞。

「在這裡。」她低聲說，蹲下身子，小心翼翼地將手探進樹洞，然後很快地抽回。她的手中，抓著一隻瘦小的動物，那隻動物長著粗長的尾巴，渾身是傷，胸口的黃色毛皮沾著血漬，呼吸微弱，已經昏迷。

「牠還活著。」娜莉蒂鬆了一口氣。

「這是……黃喉貂？」阿帝斯說道。

雖然次數不多，但阿帝斯偶爾會在獵場看見這種動物，黃喉貂的體型不大，但性情凶猛，能夠單獨獵捕山羌，更善於團體狩獵，連大型的水鹿也不是牠的對手。

「我們得讓牠暖起來。」嵐音說。

娜莉蒂點點頭，在樹旁找了一塊稍微平整的地面，生起火堆，她把黃喉貂輕輕放在腿上，用自己的外衣包裹住牠，雙手攬著牠的身軀，讓牠靠近火光。

嵐音以麻布沾水，輕輕地將牠毛皮上的血漬擦掉，伊亞司在林中拔了幾株刀傷草，以石片切碎後，將其敷在傷口上。

黃喉貂的身體逐漸回暖，牠的四肢抽動了一下，鼻翼開合，然後，牠睜開了眼睛。兩顆烏黑的眼珠映著火光，顫抖地轉動。

娜莉蒂正要開口，那黃喉貂卻發出一道極微弱的聲音——

「快逃……」

那不是動物的啼叫，而是少女的嗓音，語氣斷斷續續，但已經傳達出強烈的恐懼。

說完後，牠再度失去意識。

「牠說……快逃？」嵐音的臉色蒼白。

「我們現在就離開這裡。」娜莉蒂果斷地說道。

聽見母親的話，伊亞司立即澆水熄滅火堆，地上冒起了一陣煙霧。

「我揹妳。」阿帝斯轉身蹲下。

「我還走得動……」嵐音咬牙道。

「別在這種時候逞強。」阿帝斯低聲說，語氣堅決，嵐音猶豫片刻，還是爬上了他的背。

伊亞司走在最前頭，手上緊握著玉矛，雙目環顧四周，娜莉蒂抱著黃喉貂跟在他身後。

「我們要去哪？」伊亞司問道。

「……先帶牠去海境部落，到了那邊再商議後續。」

伊亞司停下腳步，回頭看了母親一眼。

雖然這裡離巨石部落比較近，但阿帝斯是絕對不會讓嵐音踏入巨石部落一步的，僅僅不到半天才建立的合作關係也無法提供足夠的信任感。

但反過來說，自己和母親去到海境部落，也是把生命交到對方手裡。

——我認識遠征隊裡死去隊員的親人。

不久前阿帝斯所說的話，再次在伊亞司耳邊響起。

自己打不贏還能逃，但母親是絕對逃不掉的。

「我以海境祭司學徒的身分歡迎你們。」嵐音輕聲說，語氣誠懇。

「我也保證你們兩人的安全。」阿帝斯也開口說道。

沉默片刻後，伊亞司總算點了點頭。

確定目的地後，眾人腳步加快，他們順著來時的路逕折返，火炬的光芒在茂密的枝葉間閃爍。

阿帝斯揹著嵐音，一手提火炬，一手持玉矛，但才走了一小段路，在前方的伊亞司突然停下腳步，他舉起火炬，轉過身來。

「你們有沒有覺得……越來越暗了？」

阿帝斯聞言皺起眉頭，他看向手中的火炬，火焰仍在燃燒，但發出的光卻彷彿被什麼吞噬一般，照不到腳邊的地面，連前方的樹木都變得模糊不清。

「是霧……起霧了。」嵐音喃喃說道，額頭滲出汗珠，不知爲何，這霧氣讓她感覺到不安。

娜莉蒂用手指輕壓了一下垂落在她身旁的樹葉葉片，指尖帶有微微的濕滑，確認了嵐音所說的話。

但接著她將指尖湊往鼻子，嗅了一下。

「……有血的味道……」

就在此時，前方忽然響起了腳步聲。

那道聲音極爲沉悶，是腳掌用力踩在落葉堆中的聲音，似乎是故意爲之。伊亞司和阿帝斯舉起玉矛，屏息以待。

從樹幹後方，緩緩現出一道身影——那是一名削瘦的少女，披散著長髮，手中提著一只陶罐。

少女將手伸入陶罐，抓起一團黏稠的液體，然後放到嘴邊，吹了一口氣，只見液體化爲黑色的霧氣，快速地擴散開來。

「……遠古惡靈。」嵐音顫抖著說道。

雖然和那隻衰老的獮猴沒有半點相似之處，但那個令人顫慄的力量和詭異感，都揭示了它的身分。

這三年間，它爲自己找到了新的身體。

「我們走別條路。」

娜莉蒂扯了一下伊亞司的手臂，要他跟著自己。

這時，黑暗中出現了另一道身影，娜莉蒂還來不及反應，玉矛已經無聲地刺入她的側腹。

「唔——」娜莉蒂喘了一口氣，鮮血從她腰間滲出，整個人踉蹌著跪倒在地。

風穿過林間，枝葉顫動，那聲音彷彿帶著樹木的哀鳴。

6

傳說中的無首者從黑暗中走出，它的膚色暗紅，頸部以上空無一物，配戴著玉器的身軀幾乎與夜色融為一體。

它手持玉矛，俐落地將矛頭從娜莉蒂的側腹拔出。

鮮血隨即湧出，娜莉蒂慘叫一聲，整個人踉蹌地倒下，重摔在地面上，手指緊緊地壓住傷口。

無首者舉起玉矛，準備再次攻擊，但就在那一瞬間，伊亞司已怒吼著撲了上來。他手中的玉矛直直刺入了無首者的胸口，整個身體也隨之一同撞上去。

衝擊力將那無首者撞倒在地，伊亞司狠狠拔出矛尖，再連續朝那躺倒的軀體猛刺數下，矛尖一次次穿透無首者的身體。

但這些攻擊就像是在戳刺泥沙，無首者無動於衷，甚至沒有流出任何血液。

「沒有用……」伊亞司喘著氣，聲音中帶著驚懼。

這不是活人，也不是野獸，就如同那些古老傳說中所述說的，無首者是連朽屍都無法殺死的怪物。

他轉過頭，只見那名詭異的少女正緩步走來。

阿帝斯站在娜莉蒂身前，攔住少女的去路，原本在他背上的嵐音此刻已蹲伏在娜莉蒂身側，雙手按著她血流不止的傷口。

嵐音口中低聲吟唱，隨著歌聲的引導，娜莉蒂腰際的血液竟然慢慢止住，重新回流至傷口中。

嵐音取出石片，迅速割下一片娜莉蒂衣襬，將那片布多次摺疊後塞進傷口，用來止血，她的手指在顫抖，但動作很快，娜莉蒂痛得發出悶哼，不過她沒有抗拒，雙唇抿緊，只將疼痛吞進喉嚨裡，接著嵐音用繩索將她的腰部綁緊，整個過程沒有絲毫停頓。

就在這時，阿帝斯向逼近的少女刺出玉矛。

矛尖刺穿少女的胸口，應該是致命傷，但她卻和無首者一樣毫無反應，連眉頭都不皺一下。

她伸手想抓住矛桿，阿帝斯提前反手一拉，矛尖從她體內拔出，順勢削斷了她伸過來的半截手掌。

那半截斷掌掉落在地，少女彎下腰，放下手中的陶壺，在微弱的火把光芒映照下，只見那陶罐內似乎裝滿了血液。

少女將手伸入陶罐內，沾滿了血液後撿起地上的斷掌，輕輕一扭，原本沾滿手的鮮血被斷掌吸收，斷掉的手掌接回，血肉瞬間癒合，連一道傷痕也沒留下。

「該死的怪物！」阿帝斯往後退了一步。

少女聽見阿帝斯的怒罵，不知是認出了他的聲音，亦或只是在享受敵人的恐懼，臉上泛起一絲笑容。

在少女身後，又有數十名無首者自濃霧中走出，他們步伐一致，慢慢地逼近阿帝斯一行人。

原本在一旁的伊亞司也放棄了與無首者纏鬥，來到阿帝斯身旁，兩人都緊握住玉矛，護著娜莉蒂和嵐音往後退。

「我們快要被包圍了。」伊亞司低聲說。

「我知道，你打算……」阿帝斯回答。

話還沒說完，一道微弱的吟唱聲響起，是娜莉蒂的歌聲，但與她先前唱的曲調不同，這次的曲調緩慢，極為低沉。

一根粗大的樹枝從頭頂垂下，猛然揮擊少女的頭頂，她被突如其來的打擊逼得停步，訝異地抬起頭。

隨著娜莉蒂的歌聲蔓延開來，一株株大樹的枝幹開始晃動，似乎被喚醒般地擺動著，樹葉沙沙響，枝幹交錯型成障壁，封住了無首者與少女的去路。

「快走！娜莉蒂會拜託樹木擋住他們！」嵐音大聲喊道。

但她沒有說出口的是，娜莉蒂的狀況無法再持續吟唱太久。

少女怒吼一聲，伸手抓住擋在她面前的一枝樹幹，那棵粗大的樹幹在呼吸之間迅速枯萎，樹皮皴裂，枝葉掉落。

伊亞司飛奔回娜莉蒂身旁，將她抱起，成年後他第一次抱母親，不像以往的記憶般溫暖而柔軟，反而有如一塊岩石，冰冷且沉重。

「走！」阿帝斯也背起嵐音，兩人一前一後奔入樹林的陰影中。

腳下的泥土與落葉在奔跑中濺起，空氣中瀰漫著腐臭，少女的吼聲在他們身後迴盪著。

直到確定擺脫追擊，娜莉蒂才停止歌唱，但他們仍未停下腳步。

娜莉蒂的呼吸虛弱，從側腹滲出的血濡濕了伊亞司的鹿皮背心，她的頭垂在兒子胸口，但雙手仍緊緊抱著著那隻黃喉貂。

「……我無法再陪伴你了……」她喃喃地說。

「妳別說話！」伊亞司咆哮。

「……我一直塞工作給你……」

「撐著！」伊亞司大吼，「多少工作我都可以幫妳做！」

娜莉蒂伸出手，輕撫著伊亞司的臉頰。

「那這是最後一件工作了……保護好這個女孩，盡全力幫助她……」

「女孩？」伊亞司問道，愣了一會才聽懂母親說的是她懷裡的黃喉貂。

「我不要！而且這是兩個工作。」伊亞司怒道。

娜莉蒂笑了，嘴角溢出一絲血沫。

「……你知道我爲什麼一直想和海境部落和好嗎？」

「我不知道，這些事現在一點都不重要！」

「不……這很重要……海境人殺了我父親，還讓你父親受了重傷，看不到你成年……我曾經非常恨他們……」

這段話語隨著風傳入一旁的阿帝斯和嵐音耳中，阿帝斯感覺環住自己的手臂一緊。

娜莉蒂繼續說著。

「但那是錯的……因爲是我父親帶著血祭隊伍改變目標，埋伏海境遠征隊……」

很久以前，巨石和海境曾爲兄弟血盟，但在天災和瘟疫接連襲擊下，起初互相幫助的兩個部落慢慢產生嫌隙，最後在部落戰爭中成爲敵人。

當戰爭結束，海境部落勝利，彼此間的仇恨也已經無法化解。

「……你不該繼續揹負這些不屬於你的仇恨……仇恨應該由我這一代人帶入墳墓，你現在需要盟友……來面對眞正的威脅……」

「別再說了……」

「我父親一直懷念著……他和海境第一勇士一起狩獵的事……」

風吹起娜莉蒂垂落的髮絲，她開始斷斷續續地唱起歌來。

那是伊亞司孩提時常聽到的歌詞，是他曾經努力學習的一首歌。

歌詞的內容是在說一個女孩和樹的故事，女孩和樹是好朋友，所以樹願意把自己的樹洞借給女孩藏東西。

第一次，女孩放入了對父親的思念，樹木說可以把樹幹借給她擁抱。

第二次，女孩放入了對敵人的恨，樹木說自己的枯枝可以作爲她仇敵的替身，將枯枝放入火中焚燒。

第三次，女孩放入了自己的脆弱，樹木說她的眼淚可以爲自己灌溉。

但是，女孩用來灌溉的淚水太多了，樹木因此而枯萎。

女孩發現自己的過錯，她停止了淚水，並學會了勇敢，她原諒了敵人，也祈求敵人能夠原諒自己的父親。

她還是想念著能陪她說話的樹，於是天天來到樹木的身邊，終於有一天，她找到了被風吹入樹洞的果實。

樹苗長出來了，女孩天天歌唱著，期待著再次和樹木說話的那一天。

伊亞司奔跑的腳步不曾停歇，只是緊緊抱著母親，彷彿只要這麼做，歌聲就會繼續唱下去。

然而，歌聲終究來到盡頭。

第四章・遠古惡靈

1

伊亞司將娜莉蒂的遺體放在一張簡陋的竹架上，上方覆蓋著層層茅草遮掩，等日後回來將其下葬。

他們所在的地方是一個山腰上的小部落，和緣溪部落一樣，這裡也荒廢了許久，許多家屋已經坍塌，空氣中充斥著靜默與久無人跡的冷意。

嵐音口中吟唱著祭歌，感謝這個部落的祖靈們允許他們將娜莉蒂暫時安置於此。

阿帝斯搬來幾根粗大的枯木，堆在竹架周圍，將遺體擋住，又用木片和石塊塞住空隙，阻隔可能循味道而來的野獸。

「我很遺憾，你的母親是個很好的人。」阿帝斯說道。

伊亞司點點頭，沒有開口，他紅腫的眼睛一直沒有從覆蓋著母親的矛草上移開。

夜風中，三人悄然離開竹架，穿過小徑，來到一處尚未完全倒塌的家屋旁，屋外有個凹陷的壁角，他們用樹枝和樹葉搭成簡單的遮蔽處，盡量不讓火光外洩出，引人注意。

與伊亞司熟悉的緣溪部落不同，他們沒有人來過這個部落，爲了避免觸怒祖靈，他們沒有進入家屋內。

從樹洞中救出的黃喉貂仍在沉睡，牠縮在娜莉蒂的外衣上，身體微微抽動，似乎仍未從驚嚇與創傷中完全康復，伊亞司特別將那件外衣摺成鳥巢的形狀，並將其放置在凹陷處，讓牠能穩穩窩在裡面，不會在睡夢中滾到地上。

火堆裡的光影映在三人臉上。阿帝斯和伊亞司輪流警戒，但說是警戒更像是輪流去睡覺，這段時間他們都已身心俱疲。

嵐音開始低聲吟唱。她引導著血液在樹皮布裙上流動，完成淨化，其實現在她精神還不錯，外表並不特別衰老，但不知道什麼時候又會遇到無首者，那時要是突然變成老人肯定會拖累大家，所以還是先回復到最佳狀態比較好。

她並沒有像之前一樣要求阿帝斯離開，儘管不想被看見，但無首者不知道什麼時候又會再出現，徒然增加風險的行動還是能免則免。

當吟唱完畢，嵐音也靠在竹牆邊，不知不覺地睡著了。

她夢見自己坐在樹上，娜莉蒂攀著樹幹站在身旁，風在樹間穿梭，娜莉蒂輕聲唱著一首古老的曲調，樹枝隨她唱的曲調搖曳著。

隨著曲調起伏越來越大，樹木的擺動也越加劇烈。

「我快掉下去了！」嵐音大喊。

「那就掉吧，掉下去再爬上來，反正這裡沒有長老們會嘮叨，可以盡情做好玩的事了。」

娜莉蒂大笑著。

接著，她指向不遠處的一棵樹。

「嵐音，妳看！」

樹的頂端有一名少女正靜靜佇立著，她的臉與嵐音的母親小黛極爲相似，但似乎又有點不同，那溫柔而深隧的目光總能令人平靜下來。

嵐音看得出神，樹再次劇烈地搖晃，她腳下一滑，身體向後倒去——

「嵐音，醒醒！」

一道低沉的聲音將她喚回現實。

嵐音睜開眼，看見阿帝斯的臉貼在眼前，火光映在他的眼角。

「那隻黃喉貂醒了。」他說。

嵐音轉頭，只見黃喉貂已經從外衣摺成的巢裡爬出，正小心翼翼地往自己走來，但她其中一條後腿似乎受傷了，腳步有點蹣跚。

「……是妳嗎？妳聽見了我的呼喚？」黃喉貂開口說話，聲音有如少女般輕盈。

嵐音愣了一下，然後點頭。

「謝謝妳。我可以碰一下妳的手嗎？我不是懷疑妳，只是……有些事我需要確認。」

看見嵐音露出疑惑表情的同時，在一旁的阿帝斯瞪了牠一眼，嚇得黃喉貂連忙解釋。

嵐音沉思片刻，然後把手伸了出去。

黃喉貂伸出前掌，輕輕壓在嵐音手上，忽然，一絲亮光從牠的掌中溢出，順著前掌流進嵐音的肌膚。

那道光芒，即使在火光的映照下，仍然極其耀眼。

「嵐音……妳的臉……」阿帝斯輕聲說。

嵐音低頭看著手臂，她發現手臂隱約透出光芒，皮膚上的斑紋漸漸退去，那些連樹皮布衣都淨化不了的痕跡也跟著消失。

但只維持了一下，那些斑駁的紋路就又回來了，不過似乎比起之前還是淡化了一些。

「這是怎麼回事？」她問。

「我把一點點命質給了妳……不，應該說……還給妳。」黃喉貂喘著氣，作為給出命質的一方，牠似乎用掉了很多體力。

「還給我？」

「是的，卡喇赫從妳那裡奪走了命質，又用了一小部分的命質將我的靈魂塞到這隻黃喉貂身上，我們是靠著妳的命質連結在一起的，所以妳才會聽到我的呼喚。」

「……卡喇赫是？」

「就是奪走妳命質的那隻獼猴啊！妳該不會忘記了吧？」黃喉貂看著嵐音說道。

「我記得，只是我不知道那隻獼猴的名字叫卡喇赫，我都稱它為遠古惡靈。」

「原來如此，不過它現在已經不是獮猴的模樣了，我想你們在森林中都有看到了……」

「那個女孩？」伊亞司問道。

「是的……那是我以前的相貌……」黃喉貂說道。

那個少女，和妳一樣被奪走了重要的東西——嵐音腦中響起芭黛曾說過的話以及娜莉蒂的推測。

「卡喇赫正在妳的身體裡？」嵐音問道。

「不，我的身體被它藏在另一個地方，現在它那具身體是用我的血液製成的，方法和無首者差不多，只是沒有加入灰土。」

「那具身體是用血液製成的，難怪被玉矛削一下就斷了。」阿帝斯沉吟道。

「那無首者呢？有沒有什麼弱點？」伊亞司問道。

「那個卡喇赫爲什麼要把妳的靈魂塞進黃喉貂的身體裡？」嵐音問。

「等一下！」黃喉貂語氣急了起來：「你們一起問，我根本來不及回答……咦……等等……」

黃喉貂左顧右盼，似乎在尋找什麼。

「……好像少了一個人？」牠低聲說：「我記得，有個女人把我抱在懷裡……」

「是我的母親。」伊亞司回答，聲音乾澀，「她被無首者刺傷，沒能挺過來。」

「……我能知道她的名字嗎？」

「她的名字是娜莉蒂。」

黃喉貂反覆念了幾遍，像是要將這個名字刻進心裡。

然後牠抬起頭，看向三人。

「我想你們應該很想搞清楚這一切到底是怎麼一回事，但這個故事很長……」

火光在牠的眼睛裡閃爍，看起來有些哀傷，像劃過夜空的墜星。

「先自我介紹吧，我的名字，叫作姬薩兒。」

2

姬薩兒來自北方的朝光部落，部落坐落於海岸附近，姬薩兒是部落祭司唯一的女兒，上面有七個哥哥，從小就倍受寵愛，而她身爲祭司學徒，也很努力地學習祭儀與草藥的知識，並熱衷於歌唱與舞蹈。

變故發生在三年前，姬薩兒即將成年的那個季節。

一場不明原因的瘟疫悄然降臨。最初是幾個年幼的孩童身體持續發熱與咳嗽，接著病情迅速蔓延至整個部落。姬薩兒和她的母親幾乎不眠不休地照料病患。過了一段時間，母親也病倒了，那段日子裡，姬薩兒獨自肩負起照顧病患與維持祭儀的重任，她不曾抱怨，也沒有退縮，在姬薩兒的照顧下，母親的身體逐漸好轉，作爲部落頭目的父親以及兄長們也很盡責地帶回了許多獵物供大家享用。

終於，在經歷一段時日後，病患們逐一痊癒，族人說這次瘟疫是祖靈的試煉，而姬薩兒與她的母親，是試煉中最強悍的守護者。

然而，就在所有人鬆了一口氣的時候，姬薩兒倒下了。

原本大家都認爲她也會很快好起來，因爲這次的瘟疫，很難得地沒有任何病患死亡，只要乖乖地服用藥草，撐過身體發熱的階段便可。母親也一直帶領族人爲她進行除穢驅疫的儀式。

但姬薩兒的病情卻一天天惡化。

她身體的熱度從未下降，那個熱呑噬了她，讓她感覺越來越冷。

幾天過去，她平日照顧的孩子們輪流過來幫她加油打氣，約定痊癒後要一起去採藥草。

十幾天過去，她的兄長與好友們每天都來陪她說話，向她報告部落內發生的大小事，只是她這個時候已經幾乎無法回話了。

又過去了十幾天，她在昏迷與夢囈當中度過，分不清身邊到底是否有人陪伴，只是依稀聽見哭泣與說話聲。

透過旁人交談的內容，姬薩兒知道，連一向堅強的母親都崩潰了，母親試了所有方法都沒有作用，但她仍然沒有放棄，日復一日地祈求祖靈給予指引。

就在這時，那隻獮猴出現了。

姬薩兒第一次看見它，就感覺到它身懷巨大的危險與深不見底的邪惡，但當時的姬薩兒已經奄奄一息，根本無力發出警告。

獮猴很聰明，牠一邊將少許的命質注入姬薩兒的身體，讓她稍微好轉，但同時假冒祖靈的回應，給予姬薩兒的母親希望，反覆幾次操控姬薩兒的病情後，母親發現一切正如「祖靈」所言，從此對它再也沒有懷疑。

但眞正祖靈的警告，卻完全被獮猴隔絕在外。

在與母親的交談中，逐步獲取了部落祭司的知識，牠學會了部落的制度與規範，祭岩的運作方式，各種儀式的意涵，血祭的作用，甚至觸及了一項古老的祕術——無首者的製作方法。

在很久以前，先民因爲意圖奪取大地的力量而被自己的法術反噬，變成了朽屍，朽屍肆虐了大地的所有生物，英勇的祖先們接受大地女神的召喚，來到這片土地對抗朽屍。

祖先們驍勇善戰，勇敢無畏，大地女神也爲此落下了眼淚，那眼淚化爲玉礦，成爲對抗朽屍的最佳武器。

但祖先們依然付出了慘痛的犧牲，其中，有一個小小的部落，在對抗朽屍的過程中，部落的所有勇士都戰死了，不過即使如此，部落的女人們仍然沒有退縮，在祭司的帶領下，她們拿起勇士們的玉矛和玉斧繼續奮戰。

她們的勇氣感動了在戰場上引導死者的靈魂之神，於是靈魂之神允諾部落祭司，祂願意晚一點再帶走這些勇士的靈魂，並告訴她們一個方法，讓這些勇士仍能夠與她們一起奮戰。

因爲靈魂寄宿於頭部，所以靈魂之神要祭司將勇士們的頭顱放入陶罐中，確保靈魂不會離開，然後收集被消滅的朽屍所留下的灰土，將灰土撒入陣亡勇士的血液中，並吟唱施法。

無首者就此誕生。

這些由勇士的血和朽屍的灰土所製成的人偶，擁有血液主人生前的體格與戰鬥技巧，並且由於身體由灰土所構成，所以它不會被朽屍的詛咒侵蝕。

在持有玉製武器的情況下，無首者就變成了朽屍的剋星。

「可是這樣一來，我不就將他們變成了怪物嗎？他們是我的父親、兄弟、孩子……」祭司向靈魂之神說道。

「妳是人類，大地女神給予人類選擇的權力。」

靈魂之神摸摸祭司的頭，在祂眼中，年邁的祭司就像是個孩子。

「這些勇士們的靈魂說，即使成爲怪物，他們仍然想要與妳們一同奮戰。」

聽見靈魂之神傳達了勇士們的想法之後，祭司流下眼淚，她終於答應與勇士們訂下約定，施行法術。

在無首者的幫助下，她們成功消滅朽屍，祭司履行約定，打破了所有裝著頭顱的陶罐，讓靈魂之神將勇士們的靈魂帶走，於祖靈的土地安息。

靈魂之神的允諾，至今仍有效力。

知曉了無首者的祕術後，獼猴開始進行它的計畫，它要求姬薩兒的母親半夜前往祭岩，爲姬薩兒進行重生儀式。

祭岩是朝光部落用以祭祀的重要器物，雖然母親從未聽過重生的儀式，但因爲是「祖靈」的命令，於是她便遵從了。

當一切就緒，皎潔的明月下，母親將姬薩兒放入祭岩，她滿心歡喜地期待，想著等儀式結束，女兒就可以痊癒重生。

但此時活著的母親對於獼猴已經不再具有任何用途。

獼猴奪取了姬薩兒母親的命質，被完全奪走命質的母親身體化為塵土，接著它修改無首者的製作方法，用姬薩兒的血與獼猴的少量血液融合，製作出一具與姬薩兒一模一樣的人偶。

它並未忘記，剛取得這具獼猴的身體時，遭到那幾個拿玉製武器的獵人圍攻的情景，這次它要製作出一具不害怕玉器的身體。

它捨棄了獼猴的身體，轉移至人偶身上。

但就在這個時候，它的意識和姬薩兒的靈魂連接在一起，這是它無法料想到的狀況。

藉由靈魂的連結，姬薩兒終於知道了它的名字。

它名為卡喇赫，曾經是先民的巫師。

卡喇赫的過往記憶中，曾經有著作為先民巫師的榮耀，但也有著被法術反噬後化為朽屍的恥辱。在十幾年前朽屍肆虐時，卡喇赫回復了意識，在其他朽屍只會依循本能入侵各個部落時，它卻找了一個可以遮擋雨水的岩洞躲了起來，伺機等待力量恢復。

最終，它等到了那隻衰老的獼猴，壽命將盡的獼猴想要活得更久，這樣的貪欲使牠被輕易入侵，並完全奪走身體。

而當時目睹這一切的阿帝斯和嵐音則為它帶來最棒的「食物」——命質。

因爲嵐音的阻礙，卡喇赫最終只奪取了嵐音的大部分命質，但這也足以讓它恢復部分力量，逃到北方，並進而蠱惑姬薩兒的母親。

這所有發生過的一切，都流入了姬薩兒的腦海中。

雖然卡喇赫並不曉得自己的記憶已經被姬薩兒知曉，但爲了以防萬一，它預先將姬薩兒的靈魂從原本的身體轉移到一隻捉來的黃喉貂身上，並將黃喉貂關在隨身攜帶的藤籠內。

得到新的身體，卡喇赫所做的第一件事，卻是先把姬薩兒原本的身體帶到北方面海的洞穴中，那裡是先民的發源地，然後它返回了死亡谷。

部落祭司以及祭司學徒忽然消失，在朝光部落自然引起軒然大波，頭目與部落勇士們四處搜索，但都一無所獲。

幾天後，卡喇赫回來了，它帶回了一整個陶罐的死亡谷灰土。

它在夜裡出沒，吸引朝光部落的勇士接近，接著趁其不注意時加以刺殺。

然後，它將被殺死的勇士，製成了無首者。

當無首者的人數足夠了，它開始屠戮部落，除了爲自己吸取命質，它還將得到的血液集中到祭岩，爲血祭作準備。

先是朝光部落，然後是臨近的小部落，卡喇赫很有耐心，一點一點地擴張，就像蝴蝶幼蟲啃食葉片，它等了上千年，不必急於一時，徒然增加風險。

他還需要很多很多的命質，和可以裝滿祭岩的血液，以及所向披靡的無首者戰士們。

但並非只有卡喇赫會學習，在被囚禁於藤籠的這段期間，姬薩兒也學會了該如何以黃喉貂的身體發出自己的聲音。

一次征伐部落時，藤籠意外受到破壞，使得姬薩兒終於從中逃脫。

而這場意外也迫使卡喇赫提前開始血祭，它在祭岩設下祭壇，冀望收集到更強大的力量。

從前，先民們想要奪取大地的力量，將其占爲己有，他們失敗了，施法的死亡谷成爲他們永恆的囚籠。

卡喇赫想要逆轉這個情況，它想要以血祭的祭壇奪取太陽的力量，然後將這股力量引導至死亡谷，償還當初先民施法時破壞的大地之力。

只要償還了力量，死亡谷的朽屍就會變回先民吧。

卡喇赫策劃得非常完整，但很可惜，就如同遠古時期一樣，它從未考慮過除了自己一族以外的其他生命。

當一切就緒，姬薩兒的身體從北方的洞穴再次被移回祭岩的血池，在她體內的命質與血池的血液將會作爲儀式的祭品，化爲黑霧升上天空，遮蔽日月星晨，並從中吸收力量，轉化爲讓先民重生的能量。

於是，長夜開始了。

3

「然後，我就一邊發出呼喚，一邊躲避無首者的追殺，本來快要撐不住了，因爲我發出的呼喚卡喇赫也能聽到，所以它能一直找到我的位置。」

姬薩兒用兩隻前掌抓住竹杯，舔了舔杯內的水，她說了好久，似乎感到口乾舌燥。

「是因爲經由我的命質相連接的關係嗎？」嵐音問道。

姬薩兒點點頭。

「那如果我呼喚的話，妳和卡喇赫也會知道我在哪裡囉？」

「沒錯！所以千萬不要這麼做……幸好妳不知道該怎麼呼喚，我接下來會教妳，但非到必要，絕對不要使用！」

看見姬薩兒緊張的模樣，阿帝斯將身體湊上前。

「爲什麼妳要教嵐音呼喚的方法？這樣不是很危險嗎？」

「這……這是……」

「快說。」

「阿帝斯。」嵐音扯了扯阿帝斯的手肘，讓他離姬薩兒遠一點。

「唉……你別嚇她啦。」

伊亞司將姬薩兒抱起，摟在自己懷中，摸摸她的背脊安撫著她，但她似乎顯得更害怕。

「抱歉，這傢伙只是表情看起來凶了點，但他沒有惡意……呃……只要妳沒有傷害嵐音的念頭，他就不會傷害妳。」

伊亞司笑著看了阿帝斯一眼，阿帝斯別過頭。

「我……我當然不會傷害嵐音啊！」姬薩兒嚇得發抖，拚命搖晃前掌：「只是……我也確實想要嵐音幫助我……這件事很困難……我也沒有把握一定能成功……」

「是什麼事？」阿帝斯又問道。

姬薩兒不安地扭了扭身體，接著爬離伊亞司的懷中，來到火堆前，以後腿站立著，躊躇了一會兒後，似乎下定了決心。

「我想拜託嵐音幫我拿回身體。」

姬薩兒目光堅定。

「只要我拿回身體，我就能阻止無首者，甚至破壞祭壇，停止長夜，讓太陽重新回來。」

「妳可以做到這些事？」伊亞司訝異地說道。

「因爲……在奪走那隻獼猴的身體時，卡喇赫已經放棄它原本的身體了，它現在只是寄宿在用我的血液製作出的人偶中，所以不管是與無首者締結的約定，還是它搶奪走的命質，都在我的本體身上，這也是它要把我的靈魂放入這黃喉貂的身體的原因，因爲身體會更加接納原本主人的靈魂。」

「所以卡喇赫沒有直接寄宿在妳的本體上，而是使用人偶，是因爲它害怕？」嵐音問道。

「沒錯，它一開始寄宿的那隻獼猴，也是因爲太老了，又貪婪著想要更長的生命，才被卡喇赫輕易地奪取成功，而我被塞入這隻黃喉貂的身體時，也是它使用了命質，加上這隻黃喉貂太年幼，靈魂尚未成熟，我才能掌握身體的控制權，而且其實花了很長一段時間才適應，就連現在都還是會被黃喉貂本身的靈魂影響。」

一連說了許多話，姬薩兒喘了口氣。

「所以，只要我的靈魂重回原本的身體，至少可以阻止卡喇赫將死亡谷的朽屍變回先民。」

三人對望一眼，紛紛點了點頭，一個卡喇赫就釀成了如此巨大的災害，難以想像要是所有先民們都出現，會造成什麼恐怖的後果。

「妳還沒告訴我，爲什麼要教嵐音呼喚的方法？」阿帝斯問道。

姬薩兒正準備要開口，卻被嵐音搶先了一步。

「我猜，是因爲呼喚的方法其實就是和靈魂對話吧，想要把妳的靈魂放回去身體內，就必須要和妳的靈魂對話才行。」

聽完嵐音說的話，姬薩兒呆住了一會才回應。

「……沒錯，所以就算學了之後也不能隨便使用，因爲只要一使用就會被卡喇赫發現……」

她面向嵐音，深吸了一口氣，再次開口。

「所以……能否幫助我取回身體呢？」

對於姬薩兒的請託，嵐音點了點頭。

「當然願意，其實我就是爲此而來的。」

聽見嵐音的回答，姬薩兒看起來像是鬆了一口氣，但這時阿帝斯又開口了。

「我不太懂，如果妳知道方法，爲什麼妳無法像卡喇赫一樣，自己把靈魂放回身體去？」

對於他的疑問，姬薩兒露出苦笑。

「……這個身體和人類差別太大……就連學會說話都花了我很長的時間，更別說吟唱施法了，我用了快三年也只能發出呼喚聲而已……」

「原來如此……抱歉。」

「沒關係……」

姬薩兒低下頭，似乎在爲自己的無能爲力感到難過，伊亞司摸了摸她的背，想要關心她，卻把她嚇得跳了起來。

看見這個情景，嵐音似乎想起了什麼，嘆了口氣，把姬薩兒抱到自己的膝上。

「……伊亞司，姬薩兒可是女孩子喔……」

「咦？」

伊亞司愣了一下，接著才突然理解到自己又抱又摸的行為對姬薩兒來說有多麼可怕。

「我……我不是故意的……喂喂！你這傢伙別笑啊！」

看見伊亞司滿臉通紅，氣急敗壞的模樣，阿帝斯更是笑得停不下來，所幸，嵐音伸出手，直接摀住了阿帝斯的嘴巴，總算是讓他止住了笑聲。

然後，伊亞司向姬薩兒道了歉，姬薩兒搖搖頭，表示她知道伊亞司是無心的，只是有點被嚇到罷了。

既然目標已經確定，眾人開始討論該走什麼路線前往朝光部落。

根據姬薩兒提供的消息，伊亞司和阿帝斯討論過後，確定了朝光部落的位置，其實比阿帝斯曾去過的深谷部落要近得多。

「也許部落裡的長老們有去過，我對這一帶不熟，但從海岸過去應該是沒問題的。」

伊亞司用竹枝指著排列在地上的大小石塊與土堆，這些代表的是海岸與縱谷地帶，各部落間的簡略相對位置。

在部落戰爭的時代，巨石部落曾與原先敵對的北方部落結盟，意圖染指海境部落的獵場，但打輸了之後，同盟也相繼瓦解，當時結盟的部落有好幾個都在戰敗後因為各種原因遷徙了，年代久遠，伊亞司當然也記不起那些部落裡面有沒有包含朝光部落。

「朝光部落並沒有參與部落戰爭，除了深谷部落，海岸邊的部落一向不太跟外人接觸，但我有聽過巨石部落和海境部落的名字，也許很久以前曾經有過往來吧。」姬薩兒搖頭道。

阿帝斯看著伊亞司排列的地形，對他來說，從這裡翻過山到達海岸只是不到半天就能解決的事，但有嵐音在，他們無法這麼做。

嵐音又躺在竹牆邊睡著了，一開始還靠在他肩上打瞌睡，但只要阿帝斯一有動作她就會醒來，最後阿帝斯索性把她趕到牆角，要她好好休息。

「我突然想到，如果卡喇赫一直待在妳的身體旁邊，或是把妳的身體隨身帶著，那該怎麼辦？」伊亞司問道。

「不可能的，它要用我的身體進行血祭，所以我的身體一定還在祭壇……而且……它有一定得離開祭壇的理由。」姬薩兒說道。

「什麼理由？」

「因爲想要復活死亡谷的先民，一定得到死亡谷去，它還必須把從祭壇收集到的太陽的力量引導過去，所以必須在死亡谷設置一個引導力量的法器。」

「該不會是……我們遇到它時，它拿著的那個裝了血的陶罐？」阿帝斯說道。

「如果裡面有裝血的話，應該就是用來引導力量的器物，一開始它是用那個陶罐來裝死亡谷的灰土。」姬薩兒說道。

聽了姬薩兒的話，阿帝斯站起身。

「我們必須馬上趕回部落！一定得要去警告他們，請頭目派狩獵團去阻止卡喇赫進入死亡谷。」

但姬薩兒搖搖頭。

「不，我們應該要趁著他前往死亡谷的時候去拿回我的身體，只有拿回我的身體才能將長夜結束。」

「可是……要是它使用了什麼法術，讓朽屍出現了……」

「不會的，它想的話早就做了，卡喇赫的目的並非讓朽屍肆虐，而是把先民復活……再說，它想要進入死亡谷的話誰都擋不住。」

「爲什麼？」

「卡喇赫製造的無首者，已經超過兩百個了，仔細想想看，兩百個不會死，並且熟悉戰鬥與狩獵的勇士，我不覺得有哪個部落能夠對抗，只會增加犧牲的人而已。」

阿帝斯本來還想再說話，但話到嘴邊又收了回去，最後他嘆了一口氣，坐了下來。

「但是，剛剛問的有關無首者的弱點，其實我有想到一個可能性。」

聽見姬薩兒的話，阿帝斯和伊亞司都抬起頭來。

於是，姬薩兒將自己在卡喇赫身邊所看見的情況告訴了兩人，並與兩人一起推測。

「確實是有這種可能性。」伊亞司說道。

「但沒有試過，也沒辦法肯定吧。」阿帝斯持保留態度。

這時，不遠處忽然傳來清脆的敲擊聲，伊亞司抬起頭，豎耳傾聽，又再次聽到相同的聲響，連續響了兩三次。

兩人對看一眼。

那是伊亞司和阿帝斯兩人在部落周圍設置的警示裝置，用竹筒和竹片所構成，只要有人經過，牽扯到連接竹筒的細繩，聲音就會響起，裝置並非他們兩人所製，而是本來就裝設在部落旁的獵場，兩人只是把已經腐朽的細繩換掉重新設置而已。

「它們追上來了？」姬薩兒問道。

「應該是……」

伊亞司收好火種，阿帝斯隨即用準備好的泥土熄滅火堆，揹起獵具後將牆邊的嵐音抱起。

「必須把她叫醒。」伊亞司說道。

「……她很累了，反正我會揹她，就讓她睡吧。」

「不行，她要是搞不清楚狀況，發出太大的聲音怎麼辦，先到安全的地方再睡吧。」

「……你說得對。」

阿帝斯被說服了，他輕拍嵐音的肩膀，想要把她叫醒，但不知爲何，平常很好叫醒的嵐音卻一直沒有反應。

「怎麼回事？」伊亞司問道。

「……我不知道……」阿帝斯搖晃著嵐音的肩膀，一臉焦急。

忽然一道風吹過，原本沉睡的嵐音突然睜大眼睛。

「無首者——唔唔……」

嵐音彷彿睡昏頭似地大叫了起來，嚇得阿帝斯連忙摀住她的嘴巴，不讓她的叫聲傳出去。

「小聲點，要出發了。」

阿帝斯低聲說道，嵐音點點頭。

「妳就跟我一起吧。」

伊亞司向姬薩兒說道，她的腿還沒痊癒，伊亞司用手掌將她抓起，放在自己的肩膀上。

「妳就待在這裡，我不會亂碰其他地方，有鹿皮背心隔著，妳的爪子不會抓到我，等妳的腿好了，想自己走也可以。」

「謝謝……」姬薩兒的聲音在他耳邊響起。

三人一貂躡手躡腳地離開遮蔽處，再次走入漆黑的森林。

4

若想從海岸前往朝光部落，就必須先翻過山山徑崎嶇，乾硬的泥土上覆蓋著落葉，樹木的枝椏與草叢葉片末端浮現一層白霜，腳踩在落葉上甚至會發出輕微的碎裂聲。

他們沿著斜坡往山上行進。伊亞司走在最前，肩上的姬薩兒不安地豎起耳朵，不時回頭張望，嵐音跟在阿帝斯身後，纖細的身影看來有些虛弱。

「好安靜……」嵐音輕聲說。

阿帝斯握緊手中的玉矛，環顧四周，寒氣鑽進衣服的縫隙，令人忍不住縮了縮頭子。可能是因為太冷了，以往在山林中常經聽見的蟲鳴和鳥啼聲不復存在，如今是一片死寂。

走了半天的山路，大家的腳步逐漸沉重，感覺飢腸轆轆，阿帝斯從皮袋中取出用芋葉包裹的燻豬肉，打開的一瞬間，一股香味撲鼻而來。他拿了一塊遞給姬薩兒。

「是燻肉耶！」姬薩兒雙眼一亮，伸爪子抓起後，立刻咬了一大口，兩頰鼓鼓，開心地嚼著。

「這個味道……好香……」她瞇起雙眼。

嚼到一半時，她的鼻子突然皺了一下，直挺挺地抬起頭，眼神忽然銳利了起來。

「等一下！」

她含糊地說了一聲，嘴裡還咬著燻肉，就轉過身跑了一小段路，輕快地跳過一根倒下的枯木，最後停在一棵老樹前，樹幹扭曲粗壯，在主幹上有一個樹洞。

「這裡，有蜂蜜。」她對著跟上來的三人說，一副篤定的語氣。

伊亞司舉起火炬靠近樹幹，火光映照在洞口。果然，在洞口的邊緣，可以看見幾隻蜜蜂在上面停駐，翅膀輕輕振動著。

阿帝斯彎下腰，從地上撿起一疊落葉，靠近伊亞司的火炬，火苗燃起來，因爲葉片上面結著霜，點燃後立即冒出大量煙霧，他將落葉塞在樹洞邊緣，手掌往內搧了搧，濃煙迅速湧入洞中。

「先等蜜蜂飛走。」他說。

幾人靜待煙霧驅散蜂群，姬薩兒則一直注視著那樹洞，鼻子微微顫動，像是迫不及待。

過了一會兒，阿帝斯小心地將手伸入洞中，掏出幾塊帶著濃濃甜香的蜂蠟，表面泛著光澤，指尖還沾著黏稠的蜜液。

「咦……只有這麼少嗎？」姬薩兒看起來有些失望。

「剩下的留給蜜蜂吃，這樣下次來還是吃得到。」阿帝斯笑著說，一邊將樹洞旁燃燒的落葉撤走，讓煙霧散去。

幾人繼續往前走了一段，確定沒有蜜蜂跟上才停下來，他們圍坐在一處空地上。那裡有幾塊突出的岩石可坐，後方是一排挺拔的杉木，風聲吹動著。

「超級好吃！也太好吃了！」姬薩兒咬了一小塊蜂蠟，口中含著蜂蜜，眼睛幾乎瞇成了一條縫。

看見她的模樣，嵐音忍不住笑出聲來。

「妳這麼喜歡蜂蜜？」伊亞司問。

「本……本來就很喜歡，但是變成黃喉貂之後就更喜歡了。」姬薩兒有些不好意思地低下頭。

伊亞司撿起一根樹枝，把燻豬肉串起來，滴上蜂蜜後伸到火炬上來回炙烤，一時間，蜂蜜和油脂混合的香氣撲鼻，空氣中瀰漫著令人垂涎的香氣。

「來，給妳。」他將烤好的肉串遞給姬薩兒。

「噫——這是！」姬薩兒接過後，咬了一口，表情似乎快要融化一般，尾巴拍打地面，不自主地發出一聲接一聲的輕哼。

「天氣這麼冷，烤過剛好。」伊亞司說。

阿帝斯也照著做，將燻肉沾上蜂蜜後在火光中烤得吱吱作響。嵐音則慢慢地轉動竹枝，小心不讓蜜糖燒焦。

「唔啊啊……要是每天都能吃蜂蜜就好了……」姬薩兒嘴裡塞滿肉，一頭躺倒在地上，眼神迷離。

但她很快察覺到其他人的目光，連忙翻身坐起，努力維持一點身爲祭司學徒的矜持。她用爪子把自己身上的蜂蠟舔乾淨，小聲說道：

「拜託別用那種眼神看我……」她的聲音裡帶著哽咽。

「卡喇赫把妳關在藤籠裡的時候，妳都吃什麼？」嵐音問道。

姬薩兒低下頭，過了一會兒才開口。

「……很噁心的喔……像是蟲子之類，還有它會叫無首者撿一些動物的屍體回來……大部分都是爛掉的……」

她吞了吞口水，似乎壓抑了很久。

「因爲卡喇赫根本不用吃東西，所以一開始也忘了要給我食物，我有想過乾脆就餓死算了，沒想到根本餓不死……啊！謝謝……唔唔唔……」

看見伊亞司又遞上一枝烤串，姬薩兒立刻接過去，埋頭吃了起來。

「等妳來海境，我帶妳去我養蜜蜂的樹，絕對讓妳心滿意足。」阿帝斯咬了一口蜂蠟，語氣輕快。

「有這樣的樹？你怎麼都沒帶我去過？」嵐音瞪著他，但眼中卻閃著笑意。

「回去之後，我就帶妳去，所有人一起。」阿帝斯看了她一眼，語氣認真，然後望向伊亞司。

「那等你們來巨石部落，我就去捕魚招待你們。」伊亞司笑說。

阿帝斯眼睛一亮，他曾經看過嵐音的爸爸瓦利用弓箭射魚，很好奇巨石部落的捕魚方式。

「你們怎麼補魚的？」

「我們用投網，把石網墜綁在網子上，對準魚群拋出去，投得準的話，一拉就可以裝滿一籃。」

「一籃？多大的籃子？」

「看個人技術，第一次使用的人能好好地把網子投出去就不錯了；至於我嘛，大概這麼大的籃子吧。」

伊亞司拿起一根枯枝，在地上比劃出一個大概的大小，阿帝斯張大嘴巴，點了點頭。

「到時教我吧！」

「好啊。」

嵐音坐在一旁，看著眼前兩個聊得興高采烈的男人，難以想像，他們剛見面時還殺得你死我活。如今卻能在篝火旁一起烤肉和討論捕魚的技巧。

站在一旁的姬薩兒垂下頭，烏黑的眼珠閃過一絲陰鬱。

5

在他們繞過一塊突出的岩山時，一旁的竹林深處忽然傳來腳步聲。

「終於追來了。」伊亞司嘆了一口氣。

他停下腳步，轉頭看向竹林，黑暗中，依稀可看見幾個無首者的身影，正緩緩逼近。

「往溪流走，快！」

三人立即轉向小徑左側，沿著陡峭坡地往下奔跑。姬薩兒緊貼在伊亞司肩上，兩隻爪子死死抓住他的獸皮背心，嵐音才跑幾步，就氣喘不止，阿帝斯沒再多話，俯身將她揹起，加快腳步。

之所以往溪流走，是因爲姬薩兒被囚禁在卡喇赫身邊時，發現了無首者的一種習性——它們不會進入溪流，不知道是本能還是被下了指令，它們甚至連岸邊都不會靠近。

雖然無首者並不像朽屍一樣害怕下雨，但這三年來，每當下起大雨，卡喇赫就會讓所有的無首者待在家屋內或是樹下。

「我想，這可能跟它們當初被製造出來的目的有關。」姬薩兒分析著。

原本的無首者是即使變成怪物也要和族人一起對抗朽屍的勇敢靈魂，既然是爲了對抗朽屍而生，那麼就沒必要設計成讓它們能夠抵抗大量的水。

因爲當下了大雨，朽屍就被消滅了，那無首者也盡了責任，無需繼續存在。

「這幾個跑得眞快。」阿帝斯側頭，看見其中一名無首者距離自己僅剩數十步的距離，它健步如飛，身軀壯碩，手中握著一支玉矛。

下方傳來水聲，終於，一條溪流出現在眼前，水流不算寬，但湍急，從岩石間不斷沖擊而下，水面反射著火炬的光。

「進水裡！」阿帝斯一邊說，一邊揹著嵐音踏入溪流，小腿沒入冰冷的水。

伊亞司跟著走進去，他要姬薩兒移至他的手臂上，以免被扔來的玉矛和玉斧打中。

一名追來的無首者跳過溪流，另一名無首者則停下腳步，兩個皆沿著岸邊追了上來，但它們追了伊亞司跑了一段時間，卻始終沒有入水。

「它們眞的怕水。」伊亞司笑了。

既然知道敵人害怕什麼，那就不可放過這種機會。

阿帝斯把嵐音放下，嵐音從伊亞司手中接過姬薩兒，慢慢地退到深水處。

伊亞司和阿帝斯同時衝上岸，一左一右，各自對付一隻。

阿帝斯擲出玉矛，正中無首者的胸口，接著他彎腰閃過無首者揮出的玉矛，快速拉近距離，伸手拔出無首者插在腰帶上的玉斧，朝上方劈去，直接將無首者持玉矛的手臂砍斷。

斷掉的手臂還未落地，就被阿帝斯伸手接住，扔進水中。

「接著換你了。」

阿帝斯抓住刺穿無首者胸口的長矛，兩手使力，竟用矛桿將整隻無首者舉了起來，矛桿一揮，無首者被甩入水中。

「它的身體……」姬薩兒盯著落水的無首者。

那無首者努力爬起身，但剛剛抬起一臂，僅存的手臂就自肩膀斷裂，被激流迅速沖走，接著，它的小腿也斷了，又再次跌入水中，身體崩解，再也沒有爬起來。

另一邊溪岸，伊亞司仍在和無首者苦戰。

「你在幹麼？」阿帝斯好奇地問道。

「……這一隻……有點厲害……」伊亞司氣喘吁吁，側身閃開無首者的矛尖，然後迅速地反擊。

「不是，我是說，你一直刺它要幹麼？你就算把它身體刺上一百個洞，它也不會痛啊，而且既然它離你那麼近，你直接抓住它的矛桿，把它推進水裡不就得了？」

聽了阿帝斯的建議，伊亞司覺得也有道理，於是趁著無首者一矛刺來，便反手一抓。

但這一抓，雖然抓住了矛桿，卻沒能抓牢，被無首者往反方向一拖，手掌鬆開，掌心反而被矛尖劃開一道口子。

「唉……太可惜了，要抓牢啊、啊……慢了一點，再來一次，左邊、右邊，欸！你抓矛尖

幹麼，不想要手掌了嗎？」

「……你能不能閉嘴？我自己來就好。」伊亞司一臉狼狽地說。

雖然阿帝斯給的建議正確，但那和伊亞司平時的戰鬥習慣不同，突然想做也做不了。另外，就是伊亞司也不得不承認的，阿帝斯的力氣比他大太多了，反應能力也有差異，所以阿帝斯能做到的，伊亞司不一定能模仿。

「好吧，有三隻追來了，我去解決它們。」

說完，阿帝斯便抓起玉矛，順便把剛剛拿到的玉斧也帶著，往靠近的三隻無首者奔去。

伊亞司深吸一口氣，看著眼前的無首者，這不是錯覺，它真的非常厲害，雖然沒有如同阿帝斯那樣孔武有力，無可匹敵，但也是個技巧精練的高明戰士。

這樣的戰士，卻被製成聽令於卡喇赫的怪物。

「你一定很不甘心吧？」

玉矛再次戳來，伊亞司揮起矛桿格擋，在巨石部落，伊亞司以敏捷善戰著稱，他習慣的戰法是擋住對方的攻擊後再反擊，肢體動作迅速、優雅，快速戳刺要害與關節後立即後退，這樣的方法可以使人喪失戰鬥能力，可是對無首者來說卻很難起作用。

如果對方手中沒有武器就好了，那樣就算用抱的，只要進入水中，就可以獲得勝利。

「啊……原來如此。」伊亞司腦中靈光一閃，不禁啞然失笑。

又是一矛刺來，伊亞司轉身避開，隨即反擊，不過他這次反擊的位置不是對方的身體，而是持玉矛的手腕。

連續兩次閃躲，兩次反擊，無首者手中的玉矛落地。

它沒有去撿落地的玉矛，而是想要抽出腰帶上的玉斧。

「休想！」伊亞司握起矛桿向前衝，將無首者撞入溪流中。

跌入水中後，起初無首者還想要掙扎，但它越是掙扎，身體崩解得越快。

「……安息吧。」

伊亞司站起身來，全身都濕透了，他看向阿帝斯，只見阿帝斯正扛起最後一隻無首者，並將其扔進水裡。

「也太扯了，那個蠻力笨蛋……」

他搖了搖頭，回過頭去看嵐音和姬薩兒。

回過頭的瞬間，他的呼吸停了。

「往後倒！」伊亞司不及細想，大聲吼道。

被他大吼的嵐音雖然嚇了一跳，但還是乖乖照做，她往後仰倒在水中，眼角餘光看見身後居然站了一隻無首者，就在這一瞬間，一根玉矛戳入水中，如果她沒有聽伊亞司的話倒下，玉矛就會直接刺穿她的背後。

但這一戳，還是劃傷了嵐音的手，讓她鬆開了懷中的姬薩兒。

無首者站在嵐音身後的岩石上，手中拔起玉矛，準備再次攻擊。

伊亞司衝了過去，手中玉矛橫掃，將站在岩石上的無首者打入水中。

接著他將嵐音從水中拉上岸，這一路上，伊亞司都告戒著自己盡量不要碰觸到嵐音，但這種危及時刻也管不了這麼多。

「姬薩兒不見了！」被拉上岸的嵐音急得大喊。

伊亞司四處張望，四周一片漆黑，實在難以找到一隻黃喉貂的身影。

但最後，他還是看見了，不遠處的水面，有一個小小身體，正在拚命拍打水花。

伊亞司邁步追了上去。

姬薩兒想要努力游回來，但她那小小的腳掌以及受傷無力踢水的腿，起不了多少作用，使得她被溪水越推越遠。

而在她的後方，沒有溪岸，甚至看不見水流。

伊亞司來不及多想，縱身躍入水中，儘管溪流湍急，但藉由跳躍的衝力，他伸手一抓，穩穩地拉住了姬薩兒。

「阿帝斯！」他大吼，聲音幾乎被水聲吞噬。

狂奔過來的阿帝斯朝伊亞司伸出手，伊亞司將姬薩兒反手一甩，用盡全力拋向天空。

姬薩兒落入阿帝斯手中，劇烈地咳嗽。

「伊亞司——」姬薩兒在阿帝斯懷中掙扎轉身，看向溪流。

然而這時，伊亞司已經被推到了更後方，水底滑溜，強勁的溪水沖得他無法往前進，附近也沒有任何能夠攀附的岩石和樹木，只有不斷後退。

「伊亞司——」阿帝斯大吼，他試著伸出玉矛，但矛桿長度不夠。

伊亞司望著他，嘴巴開合，似乎說了什麼，平靜的臉上帶著堅定的目光。

下一瞬間，他的身影被瀑布吞沒。

6

阿帝斯舉著火炬，濕透的外衣緊貼在身上，行動變得格外費力，他小心翼翼地踩上濕滑的岩石，瀑布邊的亂石堆參差不齊，稍有不慎就可能跌落水中，火光搖晃，在夜色中拉出長長的影子，他的臉龐隱在光影之中，緊繃又疲憊。

站在瀑布落下的水潭邊，他將火把舉高，試圖照亮下游的河道。

但映入眼簾的，只有無盡的黑暗，身後瀑布的水聲咆哮，彷彿吞沒了整個世界。

「伊亞司……」阿帝斯低聲念了一遍這個名字，沒有再喊。

他其實早已喊過了，聲音在山谷間反覆回盪，但引來的不是同伴的回應，而是兩隻快速逼近的無首者，他俐落地將它們打入水中。

這裡不該久留，他心裡很清楚，要是一次來個十幾隻，就沒有那麼好應付。

嵐音坐在一旁的岩石上，身上的樹皮布裙爬滿了鮮血，因爲她的面容又再次衰老，明明只是從瀑布上方往下走了一段路而已，就得淨化血液。

「怎麼樣了？」阿帝斯回頭問她。

「還撐得住……只是有點累。」嵐音點頭，蒼老的臉龐帶著倦意。

她的聲音幾乎要被水聲蓋過，沙啞而無力，阿帝斯猜想，她僅有的命質是不是即將耗竭，而每一次吟唱，每一次淨化，都在燃燒著她體內寶貴的生命。

一個小巧的身影走近，是姬薩兒，她搜索了河流沿岸，但也是一無所獲。

她來到阿帝斯腳邊，濕漉漉的毛貼著身體，低頭看著向下方的急流，隔了半晌後，搖了搖頭。

「我們該走了。」

「可是……他說不定還活著……就這樣放棄搜尋？」阿帝斯訝異地望著她。

姬薩兒抬頭看了他一眼，眼神中充滿哀傷。

「我必須回到原本的身體。」

她果決地說。

「這三年來，我每天都拚命地想阻止卡喇赫殺人，但我做不到，我曾想過自殺，但從未成功過，況且我看過卡喇赫的記憶，就算我死了，靈魂很可能只會無意識地四處遊蕩，並不一定會自動返回身體裡，這樣卡喇赫就能一直用我的身體作爲它施法的容器，儲存收集來的命質、統治無首者們、吸取太陽的力量……而我全都無能爲力……」

姬薩兒轉過身，爬下亂石堆。

「所以，我必須，也一定要回到身體裡，你可以責怪我冷血無情，竟然拋下救了我一命的人。」

「我不會責怪妳。伊亞司也不會。」阿帝斯嘆了一口氣，「妳有聽到他最後喊了什麼吧？他可不是膽小鬼。」

姬薩兒低垂的腦袋微微地顫抖。

「我知道，他把希望交給我們。」她輕聲說。

沒有人再說話，只有瀑布的水聲轟鳴作響。

然後，三個身影轉過身，踏上潮濕的岩石與林地，在長夜之中，伊亞司落下瀑布前的話語似乎仍在迴響著，不斷督促著他們。

「繼續前進。」

間章 樹之歌

伊亞司費力地睜開雙眼，視野所及一片漆黑，耳朵裡嗡嗡作響，他不確定自己漂了多久，畢竟剛剛失去了意識，河水撕扯著他的身體，冷得像針刺，一波又一波地湧進他的口鼻，模糊了他所有的感官。

就在即將放棄掙扎之時，他聽見了一道聲音，細微地有如葉片落地，卻又巨大地像山谷的怒吼。

「伸出手——」

那道聲音不知從何而來，卻又如此清晰。伊亞司不知道那是幻覺還是眞實，他的身體像被什麼引導般，奮力舉起雙手，在水中掙扎地揮舞，這時手指突然碰觸到某種粗糙的東西，像是繩索一般……

伊亞司用力抓住——是樹枝，一根從岸邊垂落下來的粗大樹枝。

他拚盡全力緊緊抓住那根垂入水中的粗枝，腳下踩著濕滑的泥濘，一點一點地將身體往上挪；指節發白，身體像要被撕裂，但他咬牙撐住了，等到他整個人終於爬上岸，已是四肢癱軟，全身力氣用盡。

伊亞司趴在泥濘的河岸邊，大口喘著氣，腹部劇烈痙攣，接著一股熱意湧上喉頭，嘔出一大口混著泥沙的水。

他的身體抽搐著，接著又是一口，像是要把整條河都吐出來，一次又一次，直到胃裡什麼也吐不出來。

伊亞司坐起身，長夜依舊，四周漆黑一片，天空也被雲霧遮蔽，僅剩幾顆黯淡的星。

這裡是哪裡？他漂流了多遠？還追得上阿帝斯他們嗎？

伊亞司用手指梳理亂掉的頭髮，並將其重新紮起，頭和身體有好幾個地方都在痛，大概是掉下來時撞到了。

他在地面爬行，四處摸索著，運氣很好，他很快就找到了幾片乾燥的樹皮和樹枝，他將最粗的樹枝折斷，剝去外皮，以尖石鑿出凹槽後，固定在地面上，然後雙掌夾住一枝較為挺直的細枝，前端抵住故定在地面的粗枝，灑上些許搓碎的樹皮後，開始用手掌去搓動細枝。

如果有帶弓弦的話，肯定會更快，伊亞司心想。

幸好，並沒有花上太多的時間就聞到了煙味，他連忙灑上更多樹皮碎片和枯葉，直到火焰燃起。

確保了火堆一時半刻不會熄滅後，伊亞司這才站起身來，拿起一根點燃的樹枝，環顧四周。

他慢慢地走回河岸，岸邊是一棵巨大的茄苳樹，枝幹粗壯，盤根錯節，根部緊緊抓住河岸邊的土壤。剛才救了他的那根樹枝，已經從河面抽離升回半空中。

那不是偶然。

「是你……救了我嗎？」伊亞司問道。

風輕輕吹過，茄茎樹沒有回應。

「謝謝你……」他再說了一次，語氣懇切，像是在對著一位長者低聲致敬。

茄茎樹依然沉默，僅有幾片葉子隨風晃動，伊亞司抬頭望著它，似乎想起了什麼。

……**樹木是因爲情感而回應。**

嵐音曾說過的話在耳邊響起，他猶豫了一下，但心中有什麼催促著他，那曲調他已經多年未唱，卻在此刻湧上心頭。

伊亞司深吸一口氣，開始低聲吟唱。

他的聲音起初有些顫抖和沙啞，但音調穩定，每個音節都格外清晰，他的雙眼望著茄茎樹，彷彿在向它傾訴，感謝它將自己從死亡的深淵帶回。

當歌唱結束時，茄茎樹的枝葉突然沙沙作響。

伊亞司睜大眼睛，屏住呼吸，他的腦中，忽然浮現一道聲音——不是那種在耳邊的低語，而是直接出現在他的意識裡。

「你的謝意，我收到了。」

那是一道低沉卻溫和的聲音。

「我只是接受了請託，將枝幹伸入水中，剛好攔住了你。」

聽見茄苳樹的回答，伊亞司反而愣住了。

「請託……是誰拜託你的？」他問道。

茄苳樹沒有回應。

他站了起來，身體還有些不穩。他望向茄苳樹的樹幹，沉思幾秒，突然再次開口唱起了歌，相同的曲調，但並非原先的歌詞，在首次對話之後，他自然地理解了該如何修改對話。

他這次唱得簡短許多，歌聲將盡，樹葉沙沙作響，聲音再次浮現腦中。

「是一道風，一直圍繞著你，她說你知道她的名字。」

伊亞司停住了呼吸。

「她已完成了職責，而你還有任務。」

伊亞司垂下頭，用力捏著拳頭，眼眶一陣刺熱，嘴唇顫抖著，卻什麼話也說不出口。

風拂過臉龐，像是一隻溫柔的手。

伊亞司閉上眼，眼淚悄然滑落，靜謐無聲地滴在土壤裡。

第五章·縱谷之戰

1

嵐音感覺自己正在夢中。

這種感覺她很熟悉，小時候，她經常作這樣的夢，夢境中的自己敏捷、強壯、充滿力量，能夠看見非常遠的景物，她能從一棵樹飛躍到另一棵，能單手翻越岩壁，在水中像魚一樣游泳，後來甚至能隨意改變外表，將身體的一部分變得像動物的特徵。

然後，她發現，與其說是夢，倒不如說是她的知覺，或者說是靈魂離開了身體；原來脫離了身體的束縛，世界看起來會完全不一樣。

一開始她對這個能力著迷，那是一個無拘無束的世界，夢裡總有一個聲音引導著她，帶她去許多地方，幾乎走過了海境周邊的每一個角落，嵐音從不懷疑那聲音的目的，因為它從未讓她迷失方向。

但慢慢的，她在夢境裡的時間逐漸減少，因為在醒來的世界裡有玩伴，有帕樂絲和阿帝斯，還有霧顏和枇亞，而他們都沒辦法像嵐音一樣作夢，在夢中恣意冒險。

於是，這個在夢中行走的能力，就成為了嵐音的祕密。

直到她被卡喇赫奪走命質之後，不知怎麼回事，她失去了在夢中行走的能力。

不僅如此，這三年間，她連一般的夢都沒有作過。

但自從她和阿帝斯踏上尋找姬薩兒的旅程，夢回來了，也同時帶回了在夢中行走的能力。此刻，她正在森林中。

嵐音走得很快，身形輕盈得像風一樣掠過枝葉與樹幹，她看見兩隻無首者從不遠處經過，身材高大，步伐沉重，但它們完全沒有因爲嵐音而停下腳步，嵐音知道，這是夢中行走的好處——在這個狀態下，無首者無法感覺到她的存在。

一名少女走在嵐音的前方，在嵐音重新開始作夢後，少女就一直在夢中出現。

嵐音加快腳步，追上前方的身影。那少女大約與她同齡，身形纖細，皮膚泛著淡淡的光澤，黑色長髮披散在背後，她的面容與嵐音的母親小黛極爲相似，尤其是輪廓和嘴角上揚時的弧度幾乎一模一樣。

唯一不同的是眼睛，小黛的眼眸是偏淺的棕色，而這名少女的眼睛則深得像夜空，宛如能吞沒一切。

少女沒說話，只是輕輕抬手，示意嵐音跟著，兩人穿過一片長滿蕨類的山溝，繞過盤根交錯的樹木，沿著山徑一路向上。嵐音注意到，沿路每隔幾十步就會出現一隻無首者，有的在巡邏，有的靜止不動，像是在等待某種命令，越往上走，數量越來越多，幾乎密布了整座山林。

最後，她們來到一條小巧的溪澗邊，溪水的深度只到腳踝。

這是嵐音要找的，在溪流附近才有辦法對付無首者，雖然她不確定這麼淺的水有沒有用。

少女拉著嵐音繼續前進，兩人放慢腳步，在一處枯黃的草叢旁蹲下。

「它看得見妳，別站起來。」

少女伸手按住想探頭張望的嵐音，嵐音點點頭，透過草叢的間隙望向山頂。

一顆巨大的岩石矗立在那裡，岩石周圍站滿了無首者，至少超過五十隻，它們一動不動，手中握著玉矛與玉斧，像石柱般守衛著中央的身影。

卡喇赫。

那不是嵐音第一次見到這個遠古惡靈，但每一次見到，心中仍不禁泛起寒意。

卡喇赫坐在岩石上，面無表情，它的手中抱著一只陶罐，正微微震動著。

仔細一看，布滿天空的黑色雲霧，正逐漸進入陶壺內。

「它在把已經蘊含了太陽的力量的黑霧吸進陶壺內，準備把它帶去死亡谷……」嵐音喃喃地說道。

少女沒說話，只是注視著卡喇赫的動作，眼神裡閃著冷意。

忽然，遠方傳來呼喚聲——是阿帝斯的聲音。

那聲音越來越急切，嵐音的心跳驟然加快，她知道時間到了。

「我該走了。」她轉頭對少女說道。

少女點點頭，和嵐音慢慢地退後，離開草叢，返回森林。

2

阿帝斯攀在一棵巨大的樟樹樹幹上，望向眼前一片黑暗的山林。

而這片黑暗之中潛伏了數不清的敵人——無首者。

失去伊亞司後，他們繼續溯溪而上，終於登上山脊，只要越過山脊，很快就會到達海岸，沿著海岸往北走，便可以抵達朝光部落。

但事與願違，越過山脊後，無首者的襲擊越來越頻繁，在一片漆黑的森林中想要避開它們可說是極爲困難。

對阿帝斯來說，現在遇上無首者並不可怕，因爲他已經稍微掌握了與無首者戰鬥的訣竅，也知道可以用水來消滅無首者。

但對嵐音和姬薩兒來說，遇上無首者，就是命懸一線的危機了。

尤其是嵐音，她的速度比腿傷剛痊癒的姬薩兒還慢，遭遇攻擊時也沒辦法像姬薩兒那樣躲進草叢裡。

於是，這幾次遇到無首者，爲了保護嵐音，阿帝斯必須與無首者硬碰硬，只是遇上一兩隻還好，有一次遇上了四隻，阿帝斯的身上就掛了彩。

最後他們乾脆躲到了樹上，無首者並非不會爬樹，但它們確實很少注意到樹上的動靜，可能是因爲它們本來是用來對付朽屍的，而朽屍並不需要躲藏在樹上。

阿帝斯找了一棵大樟樹，樹幹厚實，即使在上面走動也不會讓枝幹搖晃，使枝葉發出太大的聲響，可惜的是無法生火取暖。

身旁傳來了細微的鼻息，嵐音趴在樹幹上沉睡著，身上蓋著阿帝斯的外衣，自從他們躲到樹上後，嵐音就經常在睡覺，起初阿帝斯以爲她是太過疲勞的關係，但後來才發現並非如此。

每當她醒過來，就會說出一些難以理解的話，她說她在夢境中搜索了森林，想要替他們找到出路，只可惜到處都是無首者，根本沒有可供穿越的路線。

一開始阿帝斯對嵐音的話半信半疑，他知道嵐音可以做到很多厲害的事，像是以吟唱控制水的流動，甚至張開風牆，但他並不曉得嵐音還可以在睡夢中做到這些。

但是，他也不認爲嵐音會隨口胡謅，他只擔心嵐音是不是太累了。

不遠處傳來了「哐哐」聲，那是無首者身上的矛桿與樹幹敲擊的聲音。

阿帝斯蹲在嵐音身邊，右手握著玉矛，屏息等待著，直到確定無首者遠去。

「嵐音……」阿帝斯低聲叫道，但她沒有反應，阿帝斯又叫了幾次，並伸手輕輕搖了搖她的肩膀。

嵐音的睫毛顫抖，過了一會，終於慢慢睜開眼睛，似乎花了一點時間才意識到自己已經醒來。

「我找到溪流了……但是那裡有很多無首者，而且溪水很淺。」

嵐音比手畫腳地說明她的發現，並接過阿帝斯遞上的竹筒，喝了一口水。

忽然，樹梢的枝葉顫動，一道小小的影子快速奔來。

是姬薩兒，腿傷好了以後，她利用嬌小的身體在樹上移動，四處探查。

「沒辦法往南邊移動，現在那裡的無首者數量跟這邊差不多。」

「果然，我們太過深入了。」阿帝斯說道。

在樹上養傷這段時間，阿帝斯和姬薩兒討論了是否該從南方繞道，畢竟從現在的情況來看，想要穿過這片山林，是非常困難的事。

「對了，我也有看見卡喇赫。」嵐音說道。

「妳在哪裡看見它？」

嵐音向姬薩兒說明了卡喇赫的所在地和溪流的方向後，姬薩兒再次躍上樹枝，過了不久，又回來了。

「真的耶，所以妳在夢裡看到的景象是真的？」

「我早就說過了……」嵐音鼓起臉頰，一臉不滿，阿帝斯見狀笑著摸了摸她的頭。

……這是只有我們知道的路。

阿帝斯突然想起出發那天，小黛跟他說過的話。

這也是祭司所傳承的力量嗎？可是，這依然沒辦法改變他們正被圍困住的現況。因爲長夜的關係，不知道經過幾天了，不僅食物，連水都快要見底了，繼續待在這棵樹上，情況只會越來越不利。

「不對……說不定……」阿帝斯沉吟著，他腦中有一個念頭一閃而過，雖然他一開始就否決了這個想法，畢竟那太冒險，根本是孤注一擲，但這個想法卻越來越清晰，盤據在他的腦海。

他答應了小黛，他的任務是保護嵐音。

但是……也許這是唯一的一條路，通往存活的路……

「阿帝斯？」嵐音也察覺到他的異樣。

阿帝斯的眼神在她們兩人之間游移，最後落在嵐音身上。他像是終於下定了決心一樣，閉上眼，長長吐了一口氣。

「我有一個方法……」他緩緩開口。

「什麼方法？」姬薩兒問。

「我主動出擊。」阿帝斯看著她們。「我可以去攻擊卡喇赫——不是要殺他，我知道我殺不了他，但我會盡可能引起它的注意，讓它感覺受到威脅，它不是帶著一個用來吸收黑霧的陶罐嗎？如果把陶罐打破了，它應該會很生氣。」

「然後呢？」姬薩兒問道。

「這樣一來，卡喇赫就會派無首者來殺我，但一兩隻無首者是殺不了我的，它想要殺我，只能派很多無首者來追我，等到它們被引開了，妳們兩個就趁這個機會穿過森林，前往朝光部落。」

「不行！」嵐音幾乎是立刻回絕，聲音顫抖。

「阿帝斯，你知道那是什麼意思嗎？」姬薩兒神情嚴肅。「那等於是自殺。」

「我跑得很快，才不會這樣死掉。」他搖頭，眼中沒有絲毫退縮。

「可是……即使我和嵐音可以抵達朝光部落，要是卡喇赫在那裡也放了無首者……」

就算只有一隻，姬薩兒和嵐音也沒辦法對付。

「那個時候妳們就找個附近有溪流的大樹躲好，等我帶人過去。」

「帶人？」

「對啊，之前妳說沒有部落可以對抗這麼多無首者，但我現在不這麼認爲了，只要回到海境部落，召集狩獵團的獵人，盡量在溪流附近戰鬥，無首者根本不足爲懼。」

「可是卡喇赫……」嵐音遲疑道。

「我們不會硬要跟它打，去朝光部落幫姬薩兒拿回身體才是最重要的，我保證。」

嵐音和姬薩兒與阿帝斯對視，姬薩兒點了頭，接著嵐音也勉強同意了。

計畫確定，阿帝斯將竹筒中剩下的水喝掉，並將身上的皮袋和箭袋卸下，爲了長時間奔跑，他必須減少身上的重量。

當阿帝斯把箭袋掛在樹枝上時，他發現嵐音一直在注視著他。

「別擔心，這可是妳製作的，之後我一定會回來拿。」阿帝斯笑道。

「我好害怕……我怕再也見不到你……」嵐音咬著嘴唇，眼眶泛紅

「我也是。」

阿帝斯蹲下來，伸手摟著她的肩膀，望著她淨化過血液後依然衰老的臉龐，阿帝斯知道，無論嵐音的外表變成什麼模樣，自己都無法移開視線。

人若從未體驗過脆弱，就不可能擁有勇氣，勇氣是無論再怎麼害怕，都要支撐下去的決心。

嵐音輕輕親吻他的額頭。

「我在朝光部落等你。」

「我會盡快趕過去。」

阿帝斯慢慢鬆開手，拿起玉矛，一躍而下，孤身一人消失在黑暗的山林中。

3

結束與氏族長老們的會議，瓦利送枷道返回家屋後，在心中反覆思索著剛才的討論內容，除了分配糧食與人力的部分，那場會議沒有太多實質進展，部落的未來依舊籠罩在一層不確定的陰影中，像是這片天空中不散的雲霧。

他走在部落家屋間隔的小徑上，遠處的火盆光芒閃爍著，夜色沉重地壓在屋簷與樹梢上，他不自覺地望向天際，那兒除了一片漆黑之外，什麼也看不見。

黑夜究竟已經持續了多久了？

他自己也記不清了，起初還能依靠月亮的盈虧來估算時間，但自從那層雲霧覆蓋整片天空後，連月亮都不見了，當然也看不見星星。

最後他們決定以木柴的消耗數量來推算時間，只是木柴的大小不一，不同樹種間的木柴燃燒速度也不同，通常越硬的木頭能燒越久，但無論如何，總是有個依據可以參考。

至於馬沙說能用他肚子的飢餓程度來推測時間，就直接被大家無視了，雖然瓦利覺得似乎也不是完全沒有道理。

「嵐音他們……到底去了哪裡呢？」瓦利喃喃自語著。

他感覺好久沒有看見女兒的臉，作爲父親，他無法不擔心，儘管嵐音是個堅強的孩子，但她的身體情況令人擔憂，每次看見她吟唱施法、以樹皮布衣淨化自己的血液時，瓦利的心都在煎熬，那不是普通孩子該承受的痛苦。

還好嵐音的身邊有阿帝斯跟著，瓦利信任阿帝斯，畢竟是從小就看到大的孩子，也曉得他的能耐，活脫就是他父親卡修的模樣。

即使如此……在內心深處，瓦利還是希望自己也能陪在女兒身邊。

當初小黛讓嵐音離開時，並沒有先跟瓦利討論過，但就算討論了，結果也不會改變。這是芭黛的決定，也是嵐音自己的意志，況且，她們是祭司，是守護海境靈魂的存在，她們的決定，瓦利只能接受。

祭司擁有某種特殊的力量，瓦利曾親身體驗過，他曾和小黛一起吟唱，召喚祖靈與風暴來對抗朽屍。

「怎麼……」瓦利從沉浸的思緒驚醒，連忙停下腳步，環顧四周，才發現自己竟然已經快要走到了狩獵團的小屋外，輪值的年輕獵人們圍繞在火堆旁聊天，地上放著幾根剛塑形完的箭桿。

看到年輕獵人們準備要讓出位置給他，瓦利笑著搖搖頭，和他們隨口說了幾句話，接著轉身返回。

很快地，他回到自己的家屋前，庭院中飄著淡淡的藥草氣味，瓦利抹去額頭的汗水，然後推開門。

門後是寬闊的空間，牆上的架子上掛著竹弓，在高聳的石柱後方，牆邊架著竹床，芭黛正靜靜地躺在上面，她又瘦了不少，臉色也很蒼白，但呼吸卻還算平穩。

小黛坐在床邊，正用木匙盛熬煮過的小米稀粥，讓湯汁流入芭黛的嘴中，雖然在沉睡中，但似乎仍能夠吞嚥湯水。

「婆婆還是沒醒來？」瓦利走近，壓低聲音問道。

自從嵐音出發那天起，芭黛便搬了過來，並陷入了沉睡。

「她在陪著嵐音。」小黛的聲音輕柔，卻帶著堅定。

瓦利搔搔頭，雖然小黛曾簡略地跟他講述有關夢境行走的能力，但他還是難以理解。

小黛收起碗，將瓦利拉到另一張竹床邊，伸手環抱住他，用手指輕撫著他緊繃的手臂，像是想讓他放鬆下來。

瓦利頭往後仰，臉頰磨蹭著她的頸子，感受著妻子的體溫。

家屋裡好久都沒有這麼安靜了，自從孩子們出生之後，就一直在吵鬧著，即使嵐音在三年前因爲身體的原因搬去芭黛的靈屋，家裡的兩個孩子仍然每天都靜不下來。

但爲了照顧芭黛，小黛將孩子們暫時先送到卡修的母親那裡，一來是因爲小黛的母親法甌因爲忙於祭司的職務，無法協助，二來則是卡修的妹妹們都已成家，卡修的母親也閒得發慌，主動想要幫忙。

「會議討論得如何？」小黛問道。

「老樣子，大家都在擔心，但沒有人知道該怎麼辦，現在最嚴重的問題是，長夜再繼續下去，就沒辦法撒種了。」瓦利說道。

就算撒了種也不會發芽……農地的土壤已經結了一層霜，來到海境這麼多年，除了冬季的獵場，瓦利從來沒在別的地方看過冰霜。

「卡修也很煩惱，雖然現在還勉強獵得到獵物，但獵場的草木都因爲寒冷枯黃了，繼續下去肯定會引發大問題。」

瓦利望著牆上的竹弓，想起這間家屋從前的主人，如果他還在，他會怎麼做？

「我在會議中向枷道提議，組一支遠征隊前往北方探查。」

「……遠征隊嗎？」

「嗯……不管是吉米克和其他深谷戰士們所說的無首者，或是那些消失的部落都讓我很在意，我們必須得知道發生了什麼事……另一方面，我也很擔心嵐音和阿帝斯……如果他們的任務遇到了危險，也許遠征隊可以助他們一臂之力……」

小黛微笑著摸摸瓦利的頭。

「最主要的原因其實是你想要去找女兒吧？」

「呃……確實是……」瓦利露出苦笑，乾脆地承認了。

「我懂的喔，因爲我時時刻刻都想要這麼做，想要待在她身邊保護她。」

小黛看著瓦利的眼睛。

「可是啊，就像我選擇了你一樣，嵐音選擇了阿帝斯，你知道她爲什麼選擇阿帝斯嗎？」

對於小黛的提問，瓦利搖了搖頭。

「她選擇阿帝斯的原因不是因爲阿帝斯最能夠保護她，而是即使她在這段旅程中死去，她也希望陪伴她的人是阿帝斯。」小黛說道。

瓦利沉默了半晌，然後嘆了一口氣，正要開口時，門外一陣急促的敲門聲響起。

「瓦利！」門外傳來卡修的嗓音。

瓦利與小黛對望了一眼，迅速站起來前去開門。

風吹動屋簷下掛著的鹿角，卡修走進家屋內，他的表情與平時不同，神色凝重許多。

「怎麼了？」瓦利皺起眉頭。

「頭目召集大家。」

「會議不是才剛結束嗎？」

「……因爲巨石部落派了一個人來。」

「……巨石部落？」小黛訝異地問道。

「對啊，不知道他們這時派人來是想要什麼手段，總之小心一點比較好。」

十幾年前去深谷部落的遠征隊，半路上遭遇巨石部落的血祭隊伍伏擊，卡修在戰鬥中殺掉了不少敵人，當時留下的傷疤現在仍隱約可見。

「……不必擔心……」一道沙啞的聲音說道。

三人訝異地朝聲音的方向看去，只見芭黛不知何時已經從竹床上起身，她一手抵著石柱，顫顫巍巍地站著。

「婆婆！」

小黛奔上前去，托住她另一側的手臂，避免她摔倒。

「婆婆……嵐音和阿帝斯還好嗎？」

芭黛的目光仍有些渙散，但眼神中卻隱含著某種難以言說的光亮，如同穿越層層黑暗之後仍不願熄滅的星光，微弱而堅定，她的嘴唇輕輕顫動，似乎在努力發出聲音。

「……他們都很努力。」

芭黛露出微笑，漆黑的雙眸也逐漸恢復神采。

「但也該是我們盡力的時候了。」

4

阿帝斯大吼，手中的玉矛戳入無首者的髖部，然後將其釘在地上，接著掄起剛剛搶來的玉斧，俐落地將無首者的兩隻下臂砍斷，扔進旁邊的樹叢。

既然還沒抵達溪流，無首者又殺不死，那只有想辦法對它們造成困擾，讓卡喇赫認為阿帝斯是個威脅，派遣更多無首者來圍捕他，這個策略才有成功的機會。

倒在地上的無首者因爲髖部被刺中，並且玉矛深深插入土中，它又沒有手可以將玉矛拔出，只能在地上不斷扭動。

但隨著它的扭動，玉矛也緩緩地從地面脫出。

大概扭個幾十下，就會被它掙脫吧，雖然它還得去草叢裡找被砍斷的手臂，可以再多拖一點時間。

阿帝斯嘆了一口氣，不過這也是早就知道的事情，他拾起無首者掉在地上的玉矛和腰帶上的玉斧，繼續往前走。

被聲音吸引的兩隻無首者從左側跑來，阿帝斯繞到一顆樹的後方，然後趁著其中之一經過時刺出長矛，這突如其來的攻擊令無首者跳了起來，剛好對上阿帝斯揮出的玉斧，玉斧凌空一砍，砍斷了無首者的膝蓋，無首者滾倒在地，阿帝斯沒有放過機會，玉斧連續揮動，斬下了無首者的大腿和手臂，並將其扔向不同的地方。

這樣的戰鬥方法可以用來對付無首者，但要是敵人是人類的話，就沒那麼輕鬆了，畢竟，和用血泥製成可以輕鬆割開的無首者不一樣，人類在皮膚與血肉底下有骨頭，想用玉斧將骨頭劈斷並不是件容易的事，就算劈斷了，玉斧也很可能留下缺口或損壞。

所以，面對朽屍的無首者確實幾乎沒有弱點，但它起初並非為了殺人而生，而是為了保護族人而成為怪物。

阿帝斯迎向衝來的無首者，用玉斧架開刺來的矛尖後，順勢砍下它握持矛桿的手。

正當他準備解決剩下的這隻無首者時，背後卻感覺到一陣風襲來，他翻身一滾，避開了扔擲過來的長矛。

又來了兩隻無首者……

看來差不多了。

阿帝斯跋腿狂奔，無首者也隨即追了上來，但他沒跑多遠，就躲到一棵大樹後方，接著爬了上去。

一如預料，無首者追來之後，撲了個空，它們站在樹下徘徊了一會，就準備離去。

阿帝斯沒有放過這個機會，他從樹上跳下，用玉矛將其中一隻刺倒在地，接著再用玉斧解決另一隻，並以它手上拿著的長矛將其釘在地上。

經過一連串的戰鬥，阿帝斯已經從無首者身上拿走好幾支玉斧，他帶著那些玉斧悄悄前行，終於來到嵐音所說的溪流。

阿帝斯伸手舀水，喝了好幾口水後，將臉潑濕。

接著，他彎下腰，慢慢走入枯黃的草叢，往外看去。

卡喇赫就坐在不遠處的岩石上，那只帶有成對豎把的陶罐在它身前，四周圍滿了無首者。

阿帝斯拿出一個竹管製成，外部以麻繩綑起的火種罐，打開栓子後，以火種點燃他沿路撿拾的樹皮和乾草。

升好火後，阿帝斯撿起幾片容易燃燒的樹皮，丟入各處乾枯的草叢中。

火焰開始在草叢中蔓延開來，引起卡喇赫的注意，它似乎說了什麼，在岩石旁的部分無首者開始往草叢靠近。

這其實是他給嵐音和姬薩兒的暗號，但同時也有誘敵的作用。

這時，阿帝斯拿起地上的玉斧，從一旁尚未著火的草叢走出來。

他深深吸了一口氣。

阿帝斯舉起玉斧，用盡全身的力氣將其擲出，玉斧在空中旋轉，最終斧刃劈進了卡喇赫的腦袋。

「可惜……」阿帝斯扼腕，他原本描準的是卡喇赫身前的陶罐。

他又再擲了兩次，一次斧柄打中了岩石，另一次則被衝上來的無首者持矛攔截。

卡喇赫抱著陶罐站了起來，臉上依然面無表情，但它伸手拔下頭上的玉斧，什阿帝斯所在的位置走了過來。

跟上來吧！

阿帝斯轉過身，衝進森林內，邁步狂奔。

站在巨大的樟樹上，嵐音遠遠望著微弱的火光從森林中燃起。

「嵐音……無首者們都走了……」姬薩兒從樹梢爬下，對嵐音說道。

嵐音點點頭，又望了一眼火光所在的位置，接著爬下樟樹。

她們必須繼續前進。

5

阿帝斯從未感覺到這麼徹底的疲倦。

長夜漫漫，他不知道自己倒底跑了多久？半天？一天？

身體早已疲憊不堪，雙腿每跨出一步，都像是深陷泥沼，胸口也因長時間喘氣而發疼，但他無法停下腳步，停下的結果就是死亡。

他沒有忘記真正的目的是要把無首者引開，好讓嵐音和姬薩兒通過，所以一旦身後追著的無首者開始變少，阿帝斯就會回過頭去，將追上來的無首者砍倒，並引來更多無首者。

只是，這個方法雖然很有效果，但非常地消耗體力。

汗水混著泥沙黏在身上，甚至已經感覺不到渴，只剩下乾裂的喉嚨，以及湧上喉頭的苦水，活像是直接吞了整根未剝皮的黃藤，但疼痛同時也在提醒自己仍然活著。

身後的腳步聲越來越近，是兩隻無首者，交手這麼多次，他已經能夠用腳步聲判斷追在自己身後的無首者數量。

阿帝斯猛然轉身，將手中的玉斧一砍，斧刃割開了一隻無首者的小腿，但割得不夠深，無首者沒有跌倒，接著他低身閃過另一隻從側面刺來的玉矛，他往前一躍，迴過身，舉起玉斧朝那隻無首者膝蓋削去。

斧刃砍斷了血泥製的身體，無首者跌倒在地，阿帝斯咬緊牙關，用力往它腳踝再砍一下，確保它短時間無法行動。

另一隻無首者趁勢撲上來，斧刃劃過阿帝斯的手臂，一道鮮血湧出，他一腳將無首者踢開，勉強拉開距離。

他感覺握著斧柄的手指正在發抖。

阿帝斯轉過身拔腿狂奔，因爲他看見另一側又跑出了兩隻無首者，對於現在的他來說，必須極力避免的就是被包圍，他已經沒有體力可以突圍了。

一隻無首者從側面衝出，直接將他撞飛，阿帝斯玉斧脫手，滾過一段斜坡，肩膀撞上樹幹，痛得他幾乎站不起來，但他仍然咬著牙，用手攀住樹幹站起來。

抬起頭，那隻無首者又再次逼近，阿帝斯手中沒有武器，只能用手硬接，他的手抓住無首者刺來的玉矛矛桿，伸腿一踢，無首者的玉矛脫手，阿帝斯接過矛桿，正要攻擊，但背後傳來聲音，他連忙轉身，硬是用矛桿擋住了無首者劈下的玉斧。

衝擊力使得阿帝斯背後撞上樹幹，痛得讓他眼前一陣發黑。

無首者的斧刃又一次落下——

但在碰觸到阿帝斯之前，一支突如其來的玉矛戳刺過來，矛尖飛快地刺穿無首者的手腕，無首者手中的玉斧落在地上。

耳邊傳來熟悉的聲音。

「我沒想過你居然會有用光力氣的一天。」

阿帝斯轉頭，只見伊亞司站在他旁，嘴角帶著一絲笑意。

6

「……伊亞司……」

無視於阿帝斯一臉驚訝，伊亞司沒有停下手上的玉矛，他連戳帶刺，很快地便將圍上來的三隻無首者手裡的武器擊落。

「你擋在那裡挺礙眼的，要不要先找個地方躲一下？」伊亞司說道。

阿帝斯剛從震驚中回神，正要回嘴，卻被人從後頭一把抱起，那個人身材高大，雙手結實有力，將他整個人提離地面，穩穩扛在肩上，他立即認出這熟悉的身形與氣息。

四周都是人，阿帝斯被帶到燃起多座篝火的隊伍後方。

「枇亞？你們怎麼來——」

話還沒說完，一整根竹筒的水就直接往阿帝斯頭上倒了下來，突如其來的的冰冷讓他嚇了一跳，但他反應很快，立刻張開嘴，讓清水通過喉嚨，緩解那有如焦灼般的乾渴。

倒水的人個子不高，相貌秀氣卻一臉不悅。

「霧顏？」

「別跟我說話，我還沒原諒你。」

「……我做了什麼事？」

阿帝斯一愣，一旁的枇亞連忙提醒他。

「你……你講這種話，他會更生氣喔……」

經由枇亞的提醒，阿帝斯似乎想起了什麼。

「該不會是獵季時脫隊那件事吧……我那是——」

又是話說到一半，霧顏就將手裡盛滿水的竹筒往下倒。

「嗚嗚……咕嚕咕嚕咕嚕——」

好不容易喝完水，阿帝斯正想開口，一塊澄黃黏稠的東西就被塞進了嘴裡，嚼了一嚼，香濃甜膩，還帶有些許微酸。

是蜂蠟！其實在狩獵團，蜂蠟本來就是在大量消耗體力時使用的滋養品。

一名少女蹲在他面前，一雙明亮的大眼瞪著阿帝斯，卻不見平日的笑容。

「……帕樂絲……」阿帝斯停止咀嚼，嚥下了一口口水。

「嵐音呢？」

「……她先去目的地了。」

「你爲什麼沒跟著她？」

「我……我必須把無首者們引開……否則她們會有危險。」

阿帝斯回望著帕樂絲那冷峻的目光說道。

「算了……晚一點再來跟你算帳。」

帕樂絲站起身來，枇亞將阿帝斯從地上拉起，霧顏則遞了一支玉矛給他。

「你們怎麼會來？」阿帝斯問道。

「你的新朋友。」霧顏指著站在前方的伊亞司，「他說你們需要幫助。」

阿帝斯這才發現，伊亞司身邊站著許多自己不認識的面孔，大概是巨石部落的獵人。

「他把巨石部落能戰鬥的人都帶來了，嚇了大家一跳。」枇亞說。

「我一開始還以爲要跟巨石部落開戰了。」

霧顏臉上帶著淡淡的笑意，這讓阿帝斯鬆了一口氣，代表他沒那麼生氣了。

「而且芭黛婆婆一直跟著你們。」帕樂絲說道。

「芭黛婆婆？」

看見阿帝斯一臉錯愕的表情，帕樂絲聳聳肩。

「別那樣看我，是芭黛婆婆貞的這麼說，而且她說的內容跟那個巨石部落的伊亞司所說的一模一樣，甚至還更詳細，大家也只能相信啦，我也不曉得她是怎麼做到的。」

祭司的血脈……阿帝斯想起嵐音所說的那些關於夢境裡的故事。

「是說……這裡是哪裡？」

阿帝斯抬起頭來，四處張望，他知道自己跑了很久，但因爲只有黑夜的關係，根本沒辦法知道到底到了哪裡。

霧顏嘆了一口氣。

「你沒印象嗎？當年你可是爲了帶大家看到這裡的景色，而被卡修叔叔狠狠修理了一頓。」

經霧顏這麼說，阿帝斯這才發現這裡似乎有些似曾相識。

他們身處於樹木之中，此地的樹木並不高聳，可以看見旁邊的谷地，而那谷地因爲夜晚的關係只能依稀看見輪廓，但那個輪廓與一般的山丘不太一樣，看起來光禿禿的……

「這裡是死亡谷外側的樹林？」阿帝斯驚叫道。

霧顏和枇亞點了點頭，對於從小聽朽屍故事長大的海境人來說，這裡是一直被告誡不可踏足的地點。

「頭目膽子很大啊。」帕樂絲笑道。

海境部落頭目枷道之所以選擇這個地方，是因爲這個樹林是進入死亡谷的必經之路，如果從另一側的話就會遇到巨石河，按照伊亞司所說無首者的身體在河水中會崩解這個弱點，那能通過的地方就只有樹林了，於是枷道在此以竹槍和柵欄製作了陣地。

果不其然，片刻之後，無數隻無首者漸漸迫近樹林，所有人屏住氣息，嚴陣以待。此處是由枷道負責指揮，瓦利和卡修以及馬沙都在此處，阿帝斯和霧顏以及枇亞擠回到最前方的陣列，一同迎戰。

雖然無法直接使用河水消滅無首者，但在成排橫列的竹槍幫助下，逼近的無首者難以進攻，反而會不小心被竹槍和柵欄卡住。

一旦無首者被卡住，在它附近的人就會用兩支長矛刺入它的兩臂，讓它無法行動後，再將它的四肢砍斷，並將其放入巨石河中消滅。

除了這個方法以外，帕樂絲也立下了許多功勞，她會使用套索，一隻隻地將無首者拉近，但因爲她的力氣不夠，所以都只負責將套索扔出，再由伊布和枇亞拉繩，最後霧顏手持玉斧將無首者解體。

大概是因爲無首者減少的速度比想像中快，剩餘的無首者們都開始往後退。

而在樹林的深處，一個削瘦少女的身影悄悄出現，她被無首者擁護著，手中抱著陶罐。

「卡喇赫……」阿帝斯咬牙。

「這個女孩就是那隻獼猴？遠古惡靈卡喇赫？」

清亮的嗓音響起，阿帝斯發現站在身旁的竟然是嵐音的母親小黛。

「是……這是它用朝光部落祭司姬薩兒的血液造出的新身體。」

阿帝斯確認後，小黛舉弓、箭矢破風而出，精準地命中卡喇赫的胸口，然而，卡喇赫僅僅低頭看了一眼胸口，便不痛不癢地將箭拔出。它的手伸入陶罐，胸口的傷口瞬間癒合，彷彿從未存在。

「箭對它沒用，我之前用斧頭劈過它的腦袋，它吸了太多人的命值，很難死掉，而且她可以用手中的陶罐將身體恢復。」

阿帝斯額頭上的汗水順著臉頰滑落。

「它手中的陶罐，裡面是吸收了太陽力量的黑霧，姬薩兒說，如果讓它把黑霧的力量引導到死亡谷，傳說中的先民就會復活。」

「我知道，伊亞司有說過。」小黛點點頭，似乎若有所思。

就在這時，地面猛然晃了一下，許多無首者倒地。

接著，所有的無首者開始撤退，包括那些倒在地上的，它們爬起身跑向樹林深處，彷彿潮水退去一般。

「怎麼回事？」阿帝斯說道。

「它們放棄了嗎？」伊亞司也是一臉疑惑。

「別掉以輕心，堅守自己的位置。」枷道向眾人大聲說道，作爲頭目，就必須得在大家騷動不安時讓人穩定下來。

「該不會……它們知道自己打不贏，所以打算回去製造更多無首者？」帕樂絲問道。

「……回去？」伊亞司臉色一變。

「不行！不能讓它們回去！」阿帝斯喊道。

他們兩人都想到正在朝光部落的嵐音和姬薩兒。

「我知道，但不可以自己追上去，也不能讓陣形散掉，我們派人去探查之後再決定怎麼應對。」枷道說。

「可是……」伊亞司想要立即追上去，但仔細思考就會知道枷道說得是對的，這很有可能是誘餌。

「別擔心，就算是無首者，前往朝光部落也需要時間。」

瓦利拍拍阿帝斯的肩膀，阿帝斯點了點頭。

就在此時，地面傳來震動，並且越來越強烈。

「又是地震？」伊亞司問。

「不……好像有點不太一樣……」阿帝斯說道。

忽然，站在前排的一名獵人大聲喊叫。

「它們來了！」

阿帝斯轉過頭去，只見樹林中，有一隊黑影快速逼近，它們的隊形非常窄，彷彿像是只有五個人在進行突擊。

「他們打算突破，大家快集中在一起。」枷道大喝。

瞬間一道強烈的衝擊撞了上來，無首者撞上了竹槍和柵欄，身體被刺穿，而在它們身後的無首者，則爬上前排的無首者身體，落入人群之中。

「砍斷它們的手腳！」瓦利叫道。

伊亞司高舉玉斧，正準備劈下，一隻無首者卻突然從側邊撲來，玉矛伸出，刺向他的胸口。

就在這一瞬間，他感覺到身體被撞開，眼前一花。

是枷道。

他的身體將伊亞司擠開，同時舉起玉斧擋住那支刺來的長矛。但在同一時間，他背後的空隙被另一隻無首者的玉矛刺中，深入他的背脊。

枷道悶哼一聲，強撐著身體，將玉斧狠狠揮出，斬斷那無首者的手臂，但他的身體卻也隨之倒下。

就在這一片混亂之中，一隻無首者登上由同伴的身體所築成的高地，在高地一躍而起，並將手中的東西拋了出去。

它拋出去的是抱著陶罐的卡喇赫。

卡喇赫被無首者拋出，落地後立刻朝死亡谷奔去，它動作靈敏、步伐迅速，穿過泥濘與草叢，所有投擲出去的長矛都未能命中。

阿帝斯右手高舉玉斧，用盡全身的力氣將它擲出。

帶著風聲，斧刃在空中旋轉，擊中了陶罐底部，「鏗」地一聲，陶罐碎裂出一道缺口，罐內裝盛的液體瞬間傾瀉而出，染紅地面。

卡喇赫沒有停下腳步，它用手努力壓著缺口，終於踏上了死亡谷的灰土。

它將陶罐傾倒，罐內裝的是由黑霧所化成的深紅色血液。

而在同一時間，無首者們都同時停下了動作。

接著吟唱聲響起，有如大地在鳴叫。

抬頭望去，原本被長夜籠罩的天際，竟出現一道裂縫。

遠方，有一道光柱，自下而上穿透了雲層。

7

「撐住，我叫人來幫你！」

瓦利蹲在倚靠著柵欄的枷道身旁，一臉憂心。

「不……這不是你現在該做的事。」

枷道搖頭。

「我可以照顧自己，你是我的副手，你應該去帶領大家……還有你也是……巨石部落的伊亞司……戰鬥還沒結束。」他看向站在一旁的伊亞司。

伊亞司點點頭，他想要說話，但什麼都說不出口。

瓦利深吸一口氣，終於鬆開手，站起身來。

「等我回來。」

目送著兩人離去的枷道，感覺力量正慢慢地從身體流失，然而他的嘴角仍帶著平日的笑容。

間章 芭黛最後的歌唱

長夜像一層厚重的獸皮，悶悶地蓋在海境部落的屋頂與田地上，風從海面吹來，草葉貼著地面抖動，沒有月亮，也不見繁星，只有黑暗。

海境最年長的祭司——芭黛拄著拐杖，在女兒法甌和孫女烏娜可的攙扶下，緩緩地離開了她的家屋。

她頭髮已然花白，最近一次摔倒留下的瘀傷仍未痊癒，每踏出一步，腿骨的疼痛都令她眼角抽搐，但她並未停下腳步。

連日長夜，尚未撒種的農地上結起了冰霜。海境部落的女人們已在此等候，她們圍成圓圈，並在中央留下一塊空地。

法甌和烏娜可扶著芭黛加入人群，三人站定。芭黛抬起頭望著無星的夜空，然後閉上眼。

她低迴的嗓音響起。

起初，像是樹葉擦過耳畔的聲音，幾乎快要聽不見，法甌隨之起聲應和，和聲輕柔得如同夏日的晚風，接著在烏娜可的引領下，圍繞四周的女人們一一加入；她們的歌聲有節律地漸漸高昂，恍若潮水推近礁岸，繼而奔湧、拍擊，聲浪堆疊成層，節奏也越來越急促。

芭黛依然繼續唱著，但她的身軀漸漸彎折，雙眼緊閉，氣息微弱，就在這時，她的身體突然微微一震，一道靈動的光霧自她體內脫逸而出，輕盈地飄浮於中央的空地。

那是芭黛的靈體，一位年輕的少女，身姿如晨霧凝成的光芒，她赤腳踏在土上，雙臂抬起，隨歌聲緩緩擺動，靈體的舞姿從容優雅，四肢隨節拍而動，每個動作都與聲調緊密結合。

少女靈體時而旋轉如落葉，時而如海浪般翻起，動作輕靈而迅捷；她舞出了風的形貌——雙臂伸展，轉出一個又一個旋渦狀的軌跡，手掌張開，指節轉動，有如輕風吹動著枝椏，最終她高高躍起，並在眾人的唱和中落地。

地面微微震顫，最初只是細微的晃動，但很快地，大地開始低鳴，一道深沉的轟鳴聲從地底傳來，彷彿是什麼古老的存在正在甦醒。

同一時間，靈體的舞姿也變得急促，她的雙臂張開，整個身體隨著震動節奏甩動、跳躍，腳尖踏出的節拍與大地的鳴叫呼應，她開始低伏、翻騰，姿態越來越狂放，背脊弓起，雙臂拉長、指尖銳利，臉部輪廓模糊，最後，一頭雲豹的身形清晰地浮現。

那雲豹有著一雙銳利的金色眼瞳，有如光芒般清澈無瑕。

地鳴如同心臟鼓動，震動貫穿每一寸泥土，雲豹靈體凌空一躍，穿越人群與歌聲的圓環，朝著北方的黑暗深處奔馳而去，牠的身影帶著歌聲逐漸遠去，融入夜色之中。

望著雲豹消失的方向，法甌的雙眼滿是淚水，她低頭看向懷中的母親，芭黛臉上浮著一絲溫和的笑意，彷彿她只是沉沉睡去。

第六章・祭岩

1

嵐音感覺自己的雙腿像是扎了深深的根一般難以抬起，她抱著姬薩兒從礫石溪爬上岸，她的步伐蹣跚，寒冷的溪水浸透了身體，樹皮布裙完全抵抗不了這種寒冷，但她只能咬緊牙關，在這個時候絕對不能倒下。

姬薩兒靈巧地跳到前方，黃喉貂的身體也在顫抖著，輕輕地用爪子扒著地面，像是要嵐音跟上，嵐音握緊火炬，火光映照著凍得紅腫的臉龐，她擠出一絲笑容，邁步向前。

在進入部落前，嵐音原本打算先以夢中行走的方式進入部落探查，卻被姬薩兒否決了。

「妳還是先保留體力吧，這種事情我來就可以，只要沿著家屋的屋頂移動，就不容易被無首者發現。」

說完，姬薩兒便一溜煙地跑掉了，在腿傷好了之後，她比一開始好動許多。

過了一段時間，姬薩兒探查歸來，但不知爲何，她臉上露出迷惘的表情。

「居然沒有人在，連半個無首者都沒有……」

「那不是很好嗎？」

「可是……這樣感覺更加可疑……」

「……那該怎麼辦？」嵐音問道。

經過一番討論後，最後還是決定先幫姬薩兒取回身體。

「還是要小心喔！」姬薩兒警告。

嵐音點點頭，拖著沉重的雙腳，她們總算來到朝光部落。

風聲從破裂的屋頂縫隙中穿過，掀起搖搖欲墜的茅草，發出嘶嘶聲，眼前是一排排傾頹的家屋，本應是居民的棲身之地，如今卻是空無一人，有幾棟家屋的屋頂崩塌了，固定柱子底部的石圈還在，但柱子和竹樑已經裂開，折斷的柱子壓壞了竹牆，斷裂的竹片與乾枯的茅草都掉落在地上。

四處都沒看見無首者的蹤影，但嵐音還是抬起腳，小心翼翼地走過滿布礫石的狹窄小路，沿途順便進家屋內撿了一些可以用來升火的材料和竹筒。

終於，她們穿過部落，來到東側的土丘，黑暗中出現了一塊巨大的岩石。

「……這就是祭岩？」嵐音問道。

姬薩兒點點頭，在嵐音手中火炬的映照下，祭岩的輪廓清晰可見，其體積遠超部落中任何一根支撐家屋的石柱。

「卡喇赫居然沒派無首者看守這裡，這太不合理了……」姬薩兒沉吟道。

「也許它已經不需要這裡了？」

「不可能，但這對我們來說是好事，動作快點！」

「遵命！」

嵐音笑著將剛剛沿路撿來的竹筒固定在地上，並塞入茅草和剛剛在家屋內找到的二葉松松脂和松木片，接著點燃，空間一下子明亮了不少，雖然和篝火的亮度無法相比，但也比只有一支火炬好多了。

點燃了幾支竹筒後，嵐音突然發現祭岩附近散落著許多石頭，還有一排排圍繞著祭岩的陶罐……

「姬薩兒……那些是……」

陶罐雜亂地堆疊著，有些甚至已經裂開了，在確認了陶罐內裝的東西後，嵐音一瞬間止住了呼吸。

「陶罐裡面是無首者的頭顱，卡喇赫以血混雜灰泥封住他們的雙眼，用來操控他們。」姬薩兒說道。

「那麼……要是我將罐子打破，抹掉灰泥，裡面那個無首者就能解除操控了嗎？」

「可以，但我們現在還不能這麼做，首先是妳已經快要沒有力氣了，而且，打破一個陶罐，可能就會引起卡喇赫的注意，就算能把這裡所有陶罐都打破，也還有其他被消滅部落的無首者，我們必須把體力用在最重要的地方。」

說完，姬薩兒躍上祭岩。

嵐音低著頭，雙手顫抖著，也許打破這裡的陶罐，就能將正在追殺阿帝斯的無首者解除控制，她很想立刻撿起地上的石頭，將所有陶罐敲破。

但最終，她還是沒有這麼做，而是跟隨著姬薩兒爬上祭岩。

祭岩頂部的其中一側被挖空成一個長型凹槽，在凹槽旁放著好幾塊石板，仔細一看，每塊石板都有穿孔，孔洞間以繩索連接，姬薩兒說那是放在祭岩上的蓋板。

凹槽內裡面充滿暗紅色的液體，濃濃的血腥味不斷刺激著鼻腔，令人作嘔。

血池在搖曳的火炬光下閃動著焦紅色的光澤，看起來像被煮沸的湯汁，不停冒出微小氣泡，黑色霧氣從血池中央緩緩升起，像一條蠕動的長蛇蔓延到天空。

「這就是長夜發生的原因，卡喇赫構築了這座血祭的祭壇，祭壇所產生的黑霧不只遮蔽了太陽，它還吸取了太陽的力量，並將力量轉移到卡喇赫所帶著的陶罐，而現在，連月亮和星辰都被這黑霧遮蔽了……」

火炬光映出姬薩兒的側臉，她凝視血池的眼神中帶著悲傷，畢竟那是她族人們所流的血。

「那我們該怎麼做？」嵐音問道。

姬薩兒用她那短短的手指指著盛滿血液的祭岩凹槽。

「首先，拿回我的身體。」

「妳……妳的身體在這裡面？」

嵐音瞪大眼睛看著血池，但只看見血液和煙霧，沒看見其他東西，不過這座長型凹槽的空間看起來確實足夠裝得下一具少女的身體。

「沒錯，所以我們必須先把這一池血液放掉。」姬薩兒說道。

嵐音抹掉額頭的汗水，有點遲疑地坐下。

「我試試看……如果是水的話就沒問題，但我從來沒有操控過這麼大量的血液……」

姬薩兒搖搖頭。

「我不是要妳吟唱施法，祭岩有引流孔，只要把塞住洞口的東西移開，血自然會流光，但我們動作要快，一旦祭壇被破壞，卡喇赫就會發現。」

說完，她溜下祭岩，往部落內奔去。

嵐音呆站在原地，看著火光照亮的血池，感覺頭皮發麻，一旁的森林不時傳來像是尖叫的聲音，還伴隨著草叢沙沙作響，雖然知道那大概是鳥或是山羌的叫聲，但仍感到毛骨悚然。

過了不久，姬薩兒就拖著一根細長的竹棍跑了回來，氣喘吁吁地躍上岩邊。

「找到了，用這個試試看。」

嵐音滑下祭岩，她來到岩石側邊的一處凹洞，這個凹洞就是連通石槽內的引流口，少許血液從洞口下方滲出了來。

姬薩兒叼著竹棍尾端，對準洞口，往內伸入後，用前腳探了探。

「裡面塞著用布裹住的石頭，卡得很緊。」

嵐音雙手握緊竹棍，腳跟撐地，咬牙猛力向前刺去，竹棍發出咯吱聲，似乎快要裂開，但石頭卻動都不動。

「抓緊，用力！」姬薩兒喊道。

嵐音再刺，身體都快壓在竹棍上，石頭仍紋絲不動。

「再來一次！」姬薩兒焦急地跳腳。

嵐音喘著氣，又嘗試了三次，連腳掌都陷入地面，但仍毫無進展。

「不行……我快沒力了。」

嵐音放下竹棍，抹了把臉上的汗水，又爬回祭岩上。她手裡拿著一根撿來的樹枝，走向血池邊，小心地將樹枝伸入血池中，緩緩攪動。

濃稠的血液拉出一圈圈緩慢的漩渦，她目光緊盯著混濁的池底，感受樹枝在血池中碰觸的物體形狀，那大概就是姬薩兒原本的身體，她的頭部距離凹槽的末端還有半肘的距離。

確認好身體的所在位置後，嵐音將樹枝探向凹槽末端的引流口，確認堵塞物。

「……形狀是長型的，大概跟敲打樹皮布的石棒差不多，應該就是那塊卡住的石頭。」

「那妳要怎麼——」

「交給我吧。」

嵐音站起來，微笑著看向姬薩兒，沒等她阻止，便一腳踏入血池。

「嵐音！不行！」姬薩兒尖叫。

「我沒事。」

嵐音咬牙，腳掌剛碰觸到池中的血液，一股難以言喻的顫慄與灼熱感直竄全身，彷彿有什麼東西竄入她的體內，讓她兩腿一軟，差點跌倒。

她穩住身體，小心翼翼地挪動腳掌，避免踩到姬薩兒原本的身體，接著她彎下腰，將手探入血池中。

手指摸到的那塊石頭，質地粗糙，表面似乎有紋路。

忽然，嵐音察覺手臂的皮膚像是被抽走了水分，正在快速乾枯，顯現出樹皮般的皺紋。

她的身體正在迅速老化。

但她沒有停下，咬緊牙關，兩手抓住那根石棒，猛然下壓，感覺到鬆脫之後，用力往後一拉。

「啊——」

隨著一聲悶響，石棒脫離洞口的一刻，她整個人向後仰倒向血池，濺起大片血液。

但在身體完全倒下前，她張開雙手，用雙手手肘撐在凹槽兩側，以免壓到姬薩兒在血池中的身體。

正當她鬆了一口氣時，一個毛茸茸的物體隨即落在她的臉上。

「嵐音！快點起來！」

是姬薩兒的聲音。

「好痛！不要扯我頭髮！」

等到嵐音好不容易把姬薩兒從臉上拉開，掙扎著站起來，才發現血池已經退了大半。剛踏入血池時的顫慄與灼熱感已經消失得無影無蹤，現在只剩下血液的腥臭味，看來就如同姬薩兒所說的，已經破壞了卡喇赫所設置的祭壇。

隨著血液退去，祭岩的凹槽內慢慢浮現出一具人形，被血液所浸泡多時的身體只能依稀看見輪廓。

「那就是妳的身體？」

「肯定是……妳現在能吟唱嗎？」姬薩兒問道。

嵐音點點頭，臉上沾滿了血汙，與姬薩兒相視而笑。

然而，就在此時，嵐音感覺到身邊的空氣忽然一陣震動。

她下意識轉頭，只見一名無首者站立在祭岩邊緣，手中那把玉斧高舉而起。

劈向嵐音的頸子——

2

攻擊來得猝不及防，嵐音根本來不及反應。

就在此時，大地劇烈震動，彷彿從地下深處發出沉悶的低吼，這一震讓無首者的身體產生偏移，跌倒在地，玉斧沒有命中嵐音的頸部，而是砍在她的肩膀上。

「啊啊——」

一陣劇烈的刺痛傳來，鮮血飛濺，但因為濺在肩上的血液讓斧刃滑了一下，劈得不深，儘管如此，還是在她的肩膀上開了一道創口。

「嵐音——」

一聲尖叫，姬薩兒猛然躍起，跳到重新站起的無首者身上，她尖銳的牙齒用盡全力地撕扯著它的臂膀，但這對無首者一點用也沒有。

無首者僅僅只揮動一下手臂，姬薩兒就被甩了出去，掉落在地上，連滾了好幾圈才停下。

嵐音強忍著痛楚，腦袋昏沉地掙扎起身，試圖邁步離開祭岩的凹槽，但她的腳掌沾滿了血，一踩上祭岩立刻失去平衡，整個人摔倒，順著祭岩的斜坡一路滾落，重重摔在地面。

無首者繞過祭岩，玉斧再次舉起，直指她的頭頂。

忽然，一股強風自地平線彼端席捲而來，威力彷彿夏季從海上襲來的風暴，捲起空氣中的塵土與落葉，呼嘯著衝向無首者。

被這風勢猛然一撲，無首者站立不穩，再次踉蹌倒地。

「嵐音！快點起來！」

姬薩兒跌跌撞撞地奔跑到她身邊，小小的前掌焦急地拍打著她的臉。

「醒醒！妳聽得到我說話嗎？」

嵐音的眼皮顫動了一下，終於緩緩睜開，她的眼神渙散，臉色灰白，皮膚如枯樹皮般乾裂，似乎整個人都即將腐朽一般。

「對不起……姬薩兒……我……我沒辦法動……妳快逃……」她的聲音虛弱到幾乎聽不見。

「妳不可以放棄！」

姬薩兒小小的腳掌緊壓在嵐音肩上的傷口，試圖止血，但鮮血還是不斷滲出來。

「妳說過要幫我拿回身體……妳承諾過……」她哽咽著說道。

「……我知道……」

嵐音的眼淚從眼角溢出，她試圖抬起身體，卻連翻身都沒有辦法。

「……快動啊……這個沒用的身體……」

她的聲音隨著風的聲響而斷斷續續，她看著眼前的景象，無首者正試圖逼近，但每一步都像是踩進泥沼中。

「這是……怎麼回事……」嵐音喃喃說著。

她看見了，那是一道無形的氣牆，是由一陣接一陣的強風所組成的障壁，風在空中來回盤旋，像是有生命般，持續阻擋著無首者。

這似曾相識的景象，讓她愣住了，竟忘記了疼痛，忘記了恐懼，也聽不見姬薩兒的呼喚，她只聽見自己劇烈的心跳聲，在耳膜裡回盪。

直到無首者又往前踏出一步，她才像驚醒般轉頭看向姬薩兒。

「……對不起……我差點就放棄了……」

「絕對不能放棄！」

「我知道。」

嵐音咬牙，用盡全力將手臂舉起，僅僅是這個簡單的動作就痛得讓她慘叫了出來接著她翻過身，以手肘支撐著，一點一點往前爬，每一次移動都會撕扯到肩膀的傷口，痛得眼前一片模糊。

「我現在沒辦法爬上祭岩……先離開這裡。」她咬牙說道。

姬薩兒點點頭，轉頭看向無首者，它的腳步依舊遲緩，像被什麼東西困住了。

「別擔心那個，它追不到我們的。」嵐音說。

「妳怎麼知道？」姬薩兒緊跟在一旁，眼中滿是擔憂。

嵐音沒有回答，只是露出笑容，繼續艱難地向前爬行，無首者與她們之間的距離漸漸拉開。

「進到樹林裡。」嵐音喘著氣說。

姬薩兒點點頭，跑在前方，爲嵐音指引方向。

「這裡，再過去一點，快到了。」

周圍的草木越來越高，地上的落葉在嵐音前行時沙沙作響。

但就在距離森林剩不到三步時，姬薩兒忽然停住了腳步。

「怎麼了？」嵐音勉強地撐起身體。

姬薩兒沒有回話，只是目光直盯著前方，嵐音跟著抬頭看去，也不禁愣住了。

透過火光，只見兩道小小的身影站在那裡。

一男一女，都還是小孩子，他們正一臉驚恐地瞪著嵐音。

「安紐！庫勒思！」姬薩兒喊道。

孩子們聽見叫喚先是一愣，靠近了一步，卻又露出遲疑的表情。

「是我！姬薩兒，以前會帶妳去採藥草的姬薩兒。」姬薩兒又喊了一次。

男孩和女孩的臉色一變，立刻奔了過來。

「姬薩兒姊姊？妳怎麼變成這個樣子？」女孩氣喘吁吁地叫道。

「晚一點再跟妳說，你們抬得動她嗎？」

兩個孩子看著地上的嵐音，雖然兩人的個頭都比嵐音還小，但還是一起點頭。

「抬起她，帶我們去可以躲藏的地方。」姬薩兒說。

他們兩人一前一後，一人抓住嵐音的兩隻手臂，一人拉起她的大腿，小心翼翼地把她抬起來。

嵐音痛得發出一聲悶哼，臉色慘白，但沒有掙扎。

兩個小孩抬著她，快速地朝森林深處奔去。

3

嵐音坐在一棵大樹下，背後倚靠著濕冷的樹幹，前方則是一條潺潺流淌的小溪，水深只到小腿，寬度也比礫石溪還要窄小許多，她身上的血漬已經用溪水洗淨，而樹皮布裙上的鮮血也正在慢慢褪去。

但那樹皮布裙上的並非血池中的血，而是她自己的血液。

她低聲吟唱，在樹皮布裙上淨化後的鮮血緩緩從肩膀的傷口流回體內

藉由微弱的火光，嵐音看著自己的手——瘦削、皮膚乾癟、有如被蟲蛀食了一般，施法雖然讓她恢復了一些力氣，總算能坐起來說話、活動，但這就是樹皮衣能夠幫她恢復的極限了，也是她踏入血池的後果。

嵐音盯著腳邊的火堆發愣，忽然感覺到有人在注視著自己。

她抬起頭，只見一名瘦小的女孩走近，雙手手指緊張地絞在一起，腳步遲疑。

「婆婆……」

女孩的聲音有些膽怯，嵐音看著她，眼神溫柔，眼角的皺紋深深地摺疊在一起。

「我叫嵐音，妳是安紐吧？謝謝你們救了我。」

聽見嵐音道謝，只有十三歲大的安紐輕輕地點了點頭，在她身後躲著一個瘦小的男孩，瞪

著一雙大眼，一直在偷看嵐音，他是安紐的弟弟庫勒思，比安紐小兩歲。

這對姊弟是朝光部落的孩子，與姬薩兒屬於同個氏族，他們在卡喇赫襲擊部落時，由母親帶著逃進了樹林，但母親某次去找食物後就再也沒有回來。

更令人難以置信的是，除了這兩人外，這座樹林裡還躲著十幾個孩子，日復一日地躲避著無首者，有幾個孩子甚至來自不同的部落，安紐是他們之中年紀最大的。

「媽媽有教我找野菜，這附近有好幾個挖芋頭的地方，而且庫勒思很會抓魚。」安紐說道。

「就算被無首者發現了，也只要趕快跑回這裡，它們不太會靠近溪流。」

這群孩子就這樣在森林裡生活了將近三年。

只是，如此生活的代價也很殘酷，如今存活下來的人數，不到一開始的一半，而且所有人都瘦成皮包骨，眼眶深陷，彷彿風一吹就會倒下。

「嵐音婆婆，妳是姬薩兒姊姊的朋友嗎？」庫勒思開口問道。

「是啊。」嵐音點頭，露出一個溫暖的笑容。

「婆婆來幫助姬薩兒，拿回她的身體。」

她剛說完，旁邊的水面忽然濺起了幾滴水珠。

「拜託妳別順著他們的話說自己是婆婆，妳年紀比我還小耶！」

一道不悅的聲音響起，姬薩兒從溪水中跳上岸，爲了把身上的血洗掉花了她不少時間，她不停甩著身體和尾巴，水珠四散。

「安紐、庫勒思，聽清楚了！」姬薩兒站得挺直，語氣嚴厲。「嵐音是姊姊，不是婆婆，就像我現在變成黃喉貂的樣子一樣，嵐音也被那個可惡的惡靈變成老婆婆的樣子，聽懂了嗎？以後不准叫她婆婆。」

安紐和庫勒思立刻垂下頭，臉色慌張，像是做錯了事一樣。

「對不起……嵐音姊姊……」

安紐連忙道歉，聲音哽咽。

「姊姊……對不起……」

庫勒思也跟著低聲說。

「姬薩兒，妳不要罵他們。他們又不知道，而且我現在這個模樣，每個人看到都會叫我婆婆吧。」嵐音阻攔道。

姬薩兒還想再說什麼，這時嵐音卻突然笑了起來。

「原來……這才是妳的本性啊……」

「什麼本性？」姬薩兒警覺地抬起頭。

嵐音沒有回答她，只是將頭湊近安紐和庫勒思。

「問你們喔……姬薩兒姊姊是不是很愛發脾氣？」

兩個小孩一聽，連連點頭。

「你們！」姬薩兒叫道。

「別怕，我保護你們，再說現在的姬薩兒只是一隻黃喉貂，她沒辦法處罰你們的。」

「誰說的，你們誰敢說我壞話，我就咬他屁——啊呀！」

姬薩兒發出警告，但話還沒說完，肚子就被嵐音用樹枝戳了一下，不小心叫了出來。

無視於姬薩兒凶狠的目光，嵐音對著安紐和庫勒思聳聳肩，兩個孩子都忍不住笑了。

看見笑出聲來的安紐和庫勒思，本來要大發雷霆的姬薩兒突然像洩了氣一般，嘴巴一開一合，卻半句話也說不出來，她以黑漆漆的眼珠靜靜凝視著他們，過了好一會才轉向嵐音。

「別再笑了！來討論作戰計畫。」

「遵命。」

4

如同姬薩兒所想，卡喇赫確實有派無首者看守祭岩，而且不僅只有剛剛遇到的那一個。

但在嵐音和姬薩兒來到祭岩時，這些無首者剛好先被安紐帶領的孩子們引開了。

也就是說，在嵐音和姬薩兒努力想洩掉血池的血液時，無首者們正在森林裡追著孩子們跑。

「你們爲什麼要做這麼危險的事？」姬薩兒吃驚地問道。

「……我們只是想……如果把那些陶罐都打破的話，爸爸和叔叔們也許能變回來……」

安紐眼眶泛紅，吞吞吐吐地說道。

「而且大部分的無首者都被惡靈帶走了，我覺得應該沒那麼……」

話沒說完安紐就哭了出來，嵐音將安紐摟進懷中，撫摸著她的頭，腦海中突然想起一個景像。

「莫非，祭岩旁邊的那些石頭都是你們丟的？」

安紐和庫勒思點了點頭。

「對啊，我們都扔了就跑，一口氣跑回溪邊。等無首者回到祭岩，我們就再去扔石頭，他們在森林裡面追不到我們。」

庫勒思眼睛發亮，語氣裡帶著一點得意。

當初無首者被製作出來的目的是爲了抵抗朽屍，朽屍雖然可怕，但它們的攻擊方式卻與人類完全不同，而無首者即使擁有部落勇士的反應與戰鬥技巧，卻不具備運用戰術的智慧，以致於卡喇赫一旦不在，它們就連小孩子的偷襲都反制不了。

樹木垂下的枝葉遮掩著嵐音的身體，她靜靜地在草叢之中潛伏著。

祭岩就在不遠處的土丘上，但與先前的空無一人不同，現在祭岩旁至少聚集了至少二十個無首者，他們四處遊走，手中握著長矛和玉斧，動作一致，像是被遠方的意志所牽引著。

一聲稚嫩的喊叫劃破寂靜，隨後是密集的石頭碰撞聲。

十多個孩子藏在林木與石頭間，朝祭岩的方向投擲石塊。幾顆石頭擊中陶罐，發出尖銳的破裂聲響，無首者一陣騷動，立刻展開追擊。

眼看祭岩四周已經沒有無首者的身影，但嵐音沒有立刻起身，而是伏在草叢中等待，因爲她現在已經太過衰老，要是貿然出去，被無首者發現就前功盡棄了。

不一會兒，從祭岩方向傳來連續的「咚、咚」聲響，那是姬薩兒用石頭敲擊祭岩的暗號。

嵐音從密林中走出，步伐緩慢，她的手不自覺地用力緊握，捏到指尖都泛白了，被落葉覆蓋的地面仍殘留著無首者走過的足印，她必須快一點，雖然她現在能走的速度似乎比嬰兒爬行還慢。

祭岩近在咫尺，她抓住突出的岩縫往上爬，一次、又一次，膝蓋幾乎跪在岩面上才終於爬了上去。

姬薩兒早已在那裡等她，站在凹槽旁，神情緊繃。

嵐音又一次走入凹槽內，裡面的血液早已流光。

一具少女的身體靜靜地躺臥著，全身沾滿血汙，嵐音伸手拭去她臉上的血漬，露出一張清秀的臉龐，只是略顯消瘦。

「準備好了嗎？」她低聲問。

姬薩兒點了點頭。

嵐音閉上眼，輕聲吟唱，那聲音雖然粗啞，卻有如水面波紋，一點一點地在空氣中擴散了開來。

姬薩兒感受到嵐音的歌聲不斷地傳入自己體內，一步步指引她的靈魂前往回家的路。

忽然一陣疾風襲來，緊接著嵐音的身體一震，眼睛睜大，吟唱嘎然而止。

只見一根玉矛從她的胸口穿出，矛尖沾滿鮮血。

姬薩兒倒抽一口氣。

一名無首者站在嵐音背後，單手拔出玉矛，嵐音則像是被抽空了力氣，無聲地倒下。

「不——」

姬薩兒撲上前，卻被橫掃而來的玉矛擊中，整個身體飛了出去，撞到了一根樹幹，落在地上。

姬薩兒趴倒在地，感覺身體似乎裂開了，她勉強抬起頭，只見無首者朝向祭岩的凹槽，高舉著玉矛，準備再次攻擊。

一顆石頭突然從斜前方飛來，砸中了無首者的手腕，玉矛脫手，掉落在地。

「過來追我啊！」

那是庫勒思的聲音。

他距離無首者只有不到五步，滿臉通紅，拚命撿起地上的石頭朝對方猛扔。

「不行……庫勒思……快逃……」

姬薩兒拚了命大喊，但聲音似乎無法傳出去，她只能眼睜睜地看著無首者衝向庫勒思，一手扼住庫勒思的頸子，直接將他整個人拎了起來。

庫勒思驚恐地掙扎，他的雙腳離地，不斷地亂踢。

無首者拔出腰側的玉斧，但還來不及揮下，突然一道瘦小的身影衝出，狠狠撞上無首者的臀部。

是安紐。

她幾乎是用全身重量去撞擊，但她的體格太小，無首者只是晃了一下，反而安紐差點跌倒。

「放開他！」安紐怒吼著。

此時，又一個孩子也衝了上來，從背後抓住無首者的手臂；接著第三個、第四個，更多的孩子從森林中跑回來，抱住、拉扯、推撞、尖叫著。

無首者的身軀在孩子們合力下往前倒下，地面發出悶響，他們撿起石頭，朝倒地的無首者猛砸。

但在孩子們身後，原本被他們引走的無首者們也從林間現身。

「不……你們別跑回來……快逃……快逃啊……！」

姬薩兒拚命吼叫，可她的聲音仍舊被什麼隔絕著，就像被關在一個封閉的世界，只能眼睜睜地看著。

返回的無首者們湧上，他們敏捷地閃過扔來的石頭，手持玉矛，準備向朝光部落的孩子們刺出。

但就在那亂成一團的瞬間，姬薩兒突然看見——

風正在流動，彷彿有意識般地刮起。

一道透明無形、形體變幻不定的風流，穿梭在孩子們與無首者之間，形成一道屏障，將所有靠近的無首者隔開，即使刺出玉矛，也會偏斜而刺在地上。

「它追不到我們的……」

嵐音曾對她說過這句話，如今她終於明白了眞正的意思。

而且，她忽然察覺，在吵雜聲之中，居然有一道聲音正在叫喚著自己。

那微弱到幾乎被風聲掩蓋的呼喚。

正在呼喚著姬薩兒的靈魂。

「嵐音？」姬薩兒大喊。

「……妳總算聽見了……我叫妳叫了好久……」

那是嵐音的聲音。

細若絲線，從不遠處傳來。

她還活著，仍在吟唱。

「回去吧……結束這一切……」嵐音說道。

順著歌聲的引導，姬薩兒眼前的視線開始模糊，周遭的景象逐漸遠離。

她感覺自己有如一縷煙，越來越輕。

所有事物都在黑暗中消逝。

而祭岩之中的姬薩兒睜開了雙眼。

5

重新回到原本的身體，像是第一次呼吸。

姬薩兒張大嘴巴，胸口劇烈收縮，一股血腥味從喉嚨深處湧上來，她用力咳嗽，口中不斷嘔出了大量黏稠的血。

「……回來了？」

模糊的視線逐漸清晰，眼前是祭岩的凹槽內部，她彷彿像是作了一場夢，一場曾經以爲永遠醒不過來的惡夢。

她撐起上身，整個身體像是被冷水浸過，肌肉緊繃，頭暈目眩，每動一下都伴隨著劇痛，她全身上下沾滿了還未乾涸的血漬。

她吃力地從凹槽內爬出，雙腿一著地便失去平衡，整個人跪倒在石面上。

下方傳來聲響，孩子們與無首者的對抗仍未結束，那道風依然在守護著他們。

姬薩兒深吸一口氣。

「住手！」

一聲大喝，無首者們全都在一瞬間停下了動作，而守護孩子們的風，也同時隨之散去，無影無蹤。

卡喇赫是透過姬薩兒的身體來控制無首者，當姬薩兒拿回了自己的身體，無首者的控制權自然也是由姬薩兒掌控。

而且，不只是無首者的控制權，姬薩兒感覺自己從卡喇赫那裡得到了更大的力量。由數個部落的滅亡而換來的力量。

原來卡喇赫是這種感覺，擁有這股力量，確實會感覺到自己是睥睨一切的存在。就像是其他人只能生起火堆，而自己卻能掌握太陽。

……嵐音？

姬薩兒回望四周，只見嵐音趴倒在凹槽另一側的邊緣，連忙轉過身去，將其扶起。她雙目緊閉，臉色慘白，胸口的血仍未止住，被玉石刺穿的傷口發黑，鮮血染透樹皮布裙，再從祭岩流下地面。

「嵐音，快醒來！」

連聲呼喊後，形容枯槁的嵐音終於微微地睜開了雙眼。

「妳成功了，妳幫我回到了自己的身體！」

「……那麼……接下來交給妳了……」嵐音微笑道。

她已是氣若游絲，感覺到這三年來的艱難旅程終於要結束了，滿足與哀傷同時存在於她的心中，滿足的是她完成了對姬薩兒的承諾，哀傷的是她無法等到阿帝斯到來，她可從來不曾失約過。

只是姬薩兒的回應，卻完全出乎嵐音的意料之外。

「妳想都別想！」她惡狠狠地說道。

「……姬薩兒？」嵐音詫異地問。

「什麼交給我了？我不要幫妳照顧阿帝斯，那傢伙心裡早就已經被妳占滿了，我才不要擠進去湊熱鬧。」

「……我不是那個意思……」

「妳還會活很久很久，一直活到變成比妳現在還要更老的樣子，還要唱很多很多的歌……所以啊，別一臉要交代遺言的表情。」

姬薩兒臉上露出笑容，隨後她招手，叫了安紐與其他孩子們過來，她低聲對他們說了幾句話，然後把嵐音輕輕抱起，走到祭岩的凹槽內。

姬薩兒開始吟唱祭歌，嗓音高亢卻不尖銳，充滿了力量，同一時間，她身上開始發光，那是一種從體內散發出的柔和光芒，不是火焰，卻比火還溫暖，而那道光芒，慢慢地將嵐音全身包覆起來。

嵐音驚訝地感覺到自己逐漸能夠順暢地呼吸，咽喉不再緊縮，胸口也不再劇痛，她抬起手臂，看見自己原本乾枯如樹皮的皮膚，正在恢復彈性與血色，也重新有了力氣。

她望向姬薩兒，只見姬薩兒身上的光芒已經將自己的身體完全籠罩，但同時，這道光芒也正在往腳下的祭岩延伸，將凹槽填滿。

「姬薩兒……妳在做什麼？」

「沒什麼……只是在把命質傳輸給妳而已。」

姬薩兒語氣平淡，彷彿在說一件無關緊要的小事。

「不對……妳騙人，不只是這樣！妳快停下來！」

嵐音驚呼著，她扭動著身體，掙脫了姬薩兒的懷抱，而姬薩兒並未阻擋，而是繼續唱著祭歌，嵐音雙腳落地，她發現自己居然已經可以穩穩地站立了。

此時姬薩兒與嵐音身上的血漬都一一剝落，化爲光點飄散，祭岩劇烈發光，一道光柱從凹槽往上射去，穿透了黑色的雲霧，天幕被打開一道缺口。

在嵐音一眨眼的時間，她和姬薩兒已經隨著光柱，來到一個從來不曾見過的地方。

那是一個超越田野、河流、森林、山脈、雲層的空間，她看見一個遠遠超乎想像、無比巨大的存在。

風從四面八方吹拂過來，承載著太古至今無窮無盡的言語，沒有起始也沒有終結，只於存在的呼吸之間出現。

姬薩兒歌唱著，身上的光芒映照著那位無法言說的存在，以歌聲與光芒將其喚醒。

大地女神接受了請託，祂睜開了眼睛。

卡喇赫以血祭帶來長夜，姬薩兒也必須以生命的光芒將太陽重新召回，因爲先民也是人類，而人類要爲自身族群的行爲付出代價。

太陽重新回到了天上，再次綻放光明。

姬薩兒兩手捧著嵐音的臉頰，用拇指替她將眼淚抹去。

「抱歉，我沒辦法告訴妳我會這麼做，因爲如果說了的話，我不曉得妳們還願不願意幫我拿回身體。」

「……妳一開始就打算犧牲自己？」嵐音止不住眼淚。

姬薩兒望著她，眼神清澈而堅定。

「犧牲？不，我早該因病而命絕。現在讓我活著的命質，是那些被卡喇赫殘殺的人所提供的，我絕對不會依靠掠奪他人的命質活下去，要是這麼做了，那不就和卡喇赫一樣了嗎？」

擁有過大的力量並不是好事，尤其是以無數生命爲代價換來的力量。

人類燃起火堆，是爲了在黑暗的家屋中燃起屬於自己的光，但想把太陽放入家屋內，就只會把家屋給燒毀。

太陽，不就該是照耀大地的存在嗎？

「可是，妳卻把那些命質給了我？」嵐音問道。

「只有一小部分，那是卡喇赫從妳那裡奪走的，還給妳是理所當然；而我，現在已經準備好踏上死亡的道路，回到大地女神的身邊。」

姬薩兒笑著，神情無比豁達，接著，她看著嵐音的雙眼。

「時間到了，我已經叫孩子們跟妳回海境部落，他們都是好孩子……」

「我會照顧他們。」

「……雖然太陽回來了，但天空還是被黑色的雲霧遮蔽著。妳知道該怎麼辦吧？」

嵐音含淚點點頭，姬薩兒將自己額頭輕貼在她的額頭上，全身化為光芒。

「謝謝妳在最後陪著我，再見了，我最勇敢的姊妹。」

在完全消失之前，姬薩兒腦中閃過這短暫一生中的無數記憶，父母親的臉龐，兄長們的身影，總是和自己膩在一起的女孩們，湊過來一起唱歌的靦腆男孩們，安紐和庫勒思的笑容，以及嵐音和阿帝斯，她無比地欣羨著這兩人。

還有伊亞司……如果彼此能在其他情況下認識就好了，至少不要是黃喉貂的模樣……

姬薩兒笑了，她想起伊亞司寬大手掌的觸感，而這些情感全都隨著光芒流入嵐音的腦海中。

再次眨眼，嵐音發現自己已經回到祭岩，她扶住姬薩兒垂倒的身體，然後將其抱離仍在發光的祭岩凹槽。

嵐音抬頭望著天空，雖然光從雲層的縫隙中透出，但大部分的天空仍被先前血池生起的黑色雲霧籠罩。

一道風吹來，撫動了嵐音的髮絲，雖然看不見形體，但那是嵐音所熟悉的靈魂。那個化為風的靈魂，一直在守護著。

「芭黛婆婆……」她輕聲叫喚。

「知道該怎麼唱嗎？」風溫柔地回應。

嵐音點了點頭，她坐在祭岩上，輕摟著姬薩兒的身體，然後開始吟唱。

她的聲音清亮而有力，如同從遠古以來就不斷吹拂的風聲，在山谷中流轉，在海浪間起落，喚醒祖靈以及每一個相連的靈魂，與整片大地的氣流合而為一。

雨，落下了。

6

光柱從祭岩沖破天際，有如一支長矛戳穿了厚重雲層，刺入長夜的天空。

雖然只是一道光柱，但同時響起的吟唱卻隨著風來到死亡谷的每一個角落，所有在谷外的部落勇士們，也都能清晰地聽見。

雖然大地依然昏暗，但已非長夜。

原本正在纏鬥中的無首者，已經全都停下了動作。

卡喇赫跪倒在灰土上，手中陶罐內的血液已經被灰土完全吸收，並持續擴散出去，灰白的死亡谷染上了一抹紅點。

地面同時竄出了數十隻朽屍，使得人群中產生了騷動。

「不要慌！」

瓦利大喊，他翻過一塊土丘，縱身一躍，來到最前排。

「堵住死亡谷的出口，不可以放走任何一隻。」

眾人齊聲戰吼，現在在這裡的人，一半以上都經歷過十幾年前對抗朽屍的戰役，在手中握持著玉製武器的情況下，雖然難免會緊張，但並沒有人露出怯意。

不過隨後朽屍的數量立即就從幾十暴增爲幾百隻，遲鈍的動作也漸漸流暢了起來。

卡喇赫發出竊笑聲，慢慢退往山谷內，雖然失去了無首者們，但讓先民們復活才是它的眞正目標，這次雖然失敗了，但只要靠朽屍阻擋這些人，它就能夠逃到更遠的地方重新開始。

「能不能用妳們以前用過的……把水變成霧的法術？」卡修向小黛問道。

「當然可以，不過我看是用不著了。」

「爲什麼？」

小黛沒有回答卡修的問題，她把自己的玉矛交給站在旁邊的阿帝斯，然後小黛取下身上的竹弓，從箭袋中挾起一支箭。

「妳要幹麼？」馬沙也是一臉疑惑。

嗖地一聲，小黛射出的箭正中移動中的卡喇赫的腳掌，玉石製的箭鏃刺穿腳背，將其釘在地上。

卡喇赫怒吼，就在它準備將箭桿折斷，把腳掌抽出時，另一支箭飛來，釘住了它另一隻腳掌。

小黛向阿帝斯打了個手勢，阿帝斯愣了一下，但隨即點點頭，用力將手中的玉矛擲出。

在兩腳都被限制住的情況下，阿帝斯的玉矛直接刺穿了卡喇赫的胸口，受到衝擊力的影響，它應聲往後倒下。

緊接著小黛又連射兩箭，分別射在它的兩手手腕。

「這樣沒有用吧？阿帝斯不是說玉器無法傷害到它嗎？」

卡修向小黛說道，但小黛搖搖頭，舉手指向卡喇赫的方向。

「那個叫姬薩兒的女孩已經取回自己的身體了，我猜它或許沒辦法像之前那樣回復身體，再說雖然玉器傷害不了它，但說不定朽屍可以。」

眾人順著她指的方向看去，只見一隻朽屍慢慢地從卡喇赫身後靠近，它頭顱碩大，皮膚滿是裂痕，伸手抓住了卡喇赫的肩膀，手指碰觸皮膚，詛咒立即侵蝕發黑，接著它張開有如裂縫般的嘴，狠狠咬下。

和製作無首者不同，卡喇赫在以姬薩兒和獼猴的血製作自己的身體時沒有摻入死亡谷的灰土，畢竟歷經了如此長的行屍走肉歲月，它一點都不想要在新的身體中混入死亡谷的任何東西。

卡喇赫大叫，似乎是要朽屍們停下，但朽屍當然不會理它。

與無首者不同，朽屍的行動不需指令，只剩本能，它們不聽從卡喇赫，也沒有任何首領，它們只是嗅到了氣味，那是熟悉而又陌生的靈魂——屬於古代的同族，卻躲在一具人造的身體裡。

卡喇赫將手腕從箭桿中抽離，手指一點就讓那隻朽屍灰飛煙滅，接著它的另一隻手腕也從箭鏃中抽出，抓住自己被朽屍咬傷的肩膀，將一大塊發黑的血肉給挖了下來，很快地，肩膀的缺口就自行恢復了。

但在它還來不及站起來的時候，卻又一隻朽屍撲上來，抱住它的手臂，一口咬住，強行將其撕裂，只是還未入口就已經化爲黑煙。

卡喇赫的慘叫聲在山谷中迴盪，它馬上殺了第二隻朽屍，掙扎著想要爬起，手肘在地面扭動，但死亡谷的灰土不斷滑落，漸漸讓它越陷越深。

第三、第四隻朽屍陸續湊了上來，但都還沒靠近就被卡喇赫宰了，可是馬上又有一大群圍了上來。

卡喇赫繼續施法，想以力量嚇阻朽屍，但它很快就明白，這具身體裡大部分的力量已不再存在，血祭的力量都被姬薩兒一併帶走。

如今，這具身體只是承載自己靈魂的容器。

施法不及，卡喇赫再度被朽屍們壓倒，像是一場宴會，它們圍繞著卡喇赫，一點一點啃下它身上的血肉。

卡喇赫無力地抬起頭，但意識依然清醒，它在死亡的邊緣，看見自己失敗的主因，那道遠方的光柱。

它想起很久以前，那段先民尚未墮落的日子，先民們曾站在太陽下，學會馴服火焰，唱出讚頌之歌，與萬物共享大地女神的恩賜。

那時沒有朽屍，沒有詛咒，只有狩獵與豐收，它曾是歡慶豐收的其中一員，也曾唱著優美的旋律，那時，它還擁有名字，還有族人。

但這一切，都因濫用力量而終結，也成了這場災禍的根源。

卡喇赫的身體很快地被朽屍啃得只剩殘軀，血肉模糊。但它仍睜著眼，看著那些爬上它身體的朽屍，看著自己一點一點從大地上被清除。

伊亞司站在距離不遠的高地，手中緊握著玉矛，身上傷痕累累。

他知道，它不是姬薩兒。

但當他望向那被撕裂的臉龐時，仍然會皺起眉頭，他轉過頭去，不願意再看一眼。

風從身側掠過，吹亂了他的髮束，他深吸了一口氣，不發一語。

就在這時，一聲大喊吸引了所有人的注意。

「舉矛！它們要來了！」

瓦利抬起手，海境獵人們迅速列陣，高舉玉矛，巨石部落的獵人也不需多言，有默契地補上了缺口，兩個部落此刻仿若同根而生，一道道精壯的身軀形成了堅實的屏障。

朽屍越來越近，如浪潮般湧來，它們嘴中發出意義不明的哀鳴，行動無謀卻數量驚人，加上一碰必死的詛咒，即使強壯如卡修也吞了口口水，更別說臉色發白的馬沙了。

但他們兩人依然站在瓦利身旁，一步也沒有後退。

「準備！」

朽屍撲上來的瞬間，前排勇士同時出手，玉矛穿透腐敗的皮肉，有如劃開水流般容易，幾隻被戳穿頭顱的朽屍應聲倒地。

卡修大吼一聲，衝上前去，手中玉矛橫掃，將兩隻沒被刺中要害的朽屍頭顱劈開，另一側的阿帝斯和伊亞司也同時進攻，將剩餘的朽屍解決，明明只是臨時組成的聯軍，卻在這一刻表現得像是磨合多年的戰團。

「後退！第二波！」瓦利一聲令下，阿帝斯三人隨即後退，由枇亞以及霧顏上前補位。

「哇啊啊啊啊！」

枇亞一臉驚慌地閃過倒在他腳邊的朽屍，馬上被站在旁邊的霧顏斥責。

「笨蛋！你站太前面了。」霧顏立即往那個朽屍的腦袋補上一矛，順手把枇亞往後拉。

就在此時，本來一直能夠聽見的，姬薩兒的吟唱聲竟戛然而止。

「發生什麼事了？」伊亞司不安地探出頭，只見遠方的光柱仍在，並未消散。

而雲隙之中，似乎透出了一絲光亮。

一道柔和卻堅定的吟唱聲傳來。她的歌聲不像姬薩兒那般高亢，而帶有一種澄淨的純粹，宛如晨曦的露珠般無暇，讓人心頭微微一震。

阿帝斯瞪大了眼，轉身朝聲音的方向望去。

「嵐音……是嵐音的聲音……她沒事！」帕樂絲大喊。

雨水從天而降，起初只是零星幾點，但很快地便如碎石般落下，一顆顆的雨滴打在朽屍腐敗的皮膚上，那些朽屍在雨中停頓了一下，隨即開始劇烈顫抖，身體像是被灼燒般冒出煙霧。

「下雨了……」瓦利喃喃地說道，聽見嵐音的歌聲，總算讓他鬆了一口氣。

雨水落在死亡谷，朽屍們四散奔逃，但它們無處可躲，他們充滿裂紋的皮膚逐漸被雨水剝離，身體的輪廓開始模糊，瓦解。

7

眾人開始撤離死亡谷，前往高處，現在巨石河的河水遠比朽屍來得更加危險。

此處是巨石部落的範圍，於是便由伊亞司領頭，帶領海境獵人前往可供遮蔽的樹林內。

海境部落頭目枷道，倚靠在一棵樹下，心中感覺到前所未有的平靜。

第一次有這種感覺，是他尚在年幼之時，瘟疫肆虐，他高燒不退多天，看見失去了所有孩子的芭黛因爲無力對抗瘟疫而慟哭，當時只剩一口氣的他安慰芭黛說自己將要成爲雲豹了，只要勇敢接納死亡，即使是小孩子也可以成爲雲豹，守護海境部落。

不知爲何，當他這樣告訴芭黛後，就沒有那麼痛苦了。

但他卻活了下來，還成爲海境部落的頭目。

上一次，則是十幾年前的朽屍肆虐，他的手在交戰時被朽屍碰觸到，但他那一次也活下來了，因爲趕來的瓦利替他把手臂砍斷，阻止了詛咒蔓延。

而這一次，應該是不會再有意外了。

枷道輕撫著小黛的髮絲，看著女兒那對與自己如出一轍的淺棕色眼眸，正不停地溢出淚水。

「你們別再哭了，我沒有另一隻手可以幫你們擦眼淚啊。」

枷道笑道，他伸手拍了拍小黛的肩膀，而蹲在她身旁的伊布早已泣不成聲。

接著他轉頭看向瓦利。

「我願將重任交付予你。」

瓦利眼眶泛紅，但仍勉力克制住，態度嚴峻。

「我已經準備好承擔重任。」

「我相信你，今後你就是海境部落的頭目。」

頭目的交接完成，由兩個部落共同見證。

此時，枷道忽然笑了起來。

「看來大地女神真的很眷顧我，你們是來迎接我的嗎？」

瓦利和小黛轉頭看向枷道所注視的方向，只見在樹林的霧氣中，緩緩走出一大群雲豹。

雖然外形都極爲相似，只有體型大小的差異，但海境人都能一眼認出自己熟悉的靈魂。

有兩個人混在雲豹群中，是枷道的妻子法甌和小女兒烏娜可，她們看見枷道，立即飛奔上去，將他摟住。

「難得受到召喚，沒想到你們自己就把災難解決了。」

一頭雲豹來到瓦利和小黛身邊，用舌頭舔掉小黛的眼淚。

雖然已經十幾年沒見，但瓦利仍能夠一眼認出祂就是給了自己「瓦利」這個名字，在大海中救了自己的「雲豹瓦利」。

而在其身後的則是祂的母親帕娜，祂溫柔的眼神滿懷笑意，走過來用鼻子頂了頂瓦利的胸口，瓦利也微笑著摟住祂。

「囉嗦！要是想幫忙，應該早點出現啊……嗚嗚……我好想你們……」馬沙大聲地向雲豹瓦利抱怨，接著就抱著牠哭了起來。

「剛剛的情況要是出手幫忙了，讓你太激動導致列隊亂掉反而更危險吧。」一頭體型特別大的雲豹說道。

「塔木拉！」馬沙大哭，衝上去一把抱住祂不放。

「放開我，還有你到底要在我的家屋待多久？該回自己家了。」

「開什麼玩笑，我會把那棟家屋維護得好好的，直到我的孩子能繼承爲止！」

「跟他說不通啦，只要你出現，這傢伙就會變成只會依賴你的廢人。」卡修拍拍塔木拉的背，要祂別白費力氣。

塔木拉看著馬沙，嘆了口氣，然後轉頭看向瓦利。

「對了，承接瓦利名字的小子……上次因爲一直被馬沙纏著沒機會跟你說話……以前我……」

塔木拉話還沒說完就被瓦利打斷。

「如果你尊重我是新任頭目的話，就別道歉了。」

聽見瓦利這麼說，塔木拉點點頭。

反而是一旁的卡修有意見。

「這樣也太可惜了吧，你要不要至少揍個幾拳回來，不然我幫你也可以呀。」

「哼！等你死了，要打幾次都可以，我們之間的較量可還沒結束。」塔木拉對卡修說道。

「好啊，等我，我們可以再打個一千年。」卡修笑道。

對於他的說法，雲豹瓦利和塔木拉都抬起了頭，互看一眼。

「怎麼了？難道你們沒辦法存在一千年？」卡修一臉詫異。

雲豹瓦利搖搖頭。

「不……據說，等到部落裡關心的人都不在之後，就會從雲豹變成風喔……雖然也是有突然又從風變回雲豹的情況啦，這我也搞不懂。」

「……原來如此……變成風啊，那也不錯，到時就來比跑步吧。」

「一言爲定。」塔木拉笑了。

兩頭雲豹步至枷道身旁，其中之一是芭黛，另一頭外表雖然看起來和善，卻帶有一股威嚴。

亞沃，前任狩獵團團長，是枷道除了芭黛以外最尊敬的長者。

「叔叔……」

「辛苦你了，枷道，你做得非常好。」亞沃說道。

枷道笑了，閉上眼睛，淚水滑過他的臉頰，接著身體緩緩升起白霧，一個呼吸之間，一頭健壯的雲豹從枷道的身體脫離，與芭黛和亞沃一齊朝著雲豹群走去。

在場的每一位部落勇士都屏息地看著眼前的景象，直到雲豹群的身影在樹林的霧氣之間隱沒。

8

午後的陽光灑落在朝光部落外的森林。

嵐音站在一塊岩石旁，身側是一片灌木叢，她正彎下身，聆聽蹲在地上的安紐說明。

這個女孩雖然年紀不大，但對森林的認識超出常人，或許是童年時與姬薩兒一同生活，又在森林中待了將近三年的緣故，她比大多數成年人都還清楚哪些葉片可以止血，哪些根莖具有消炎作用。

「這邊有紅色一串串的是紅果蔓，受傷的時候可以吃它的葉子和嫩心，很快就會好了。」

安紐用手中的樹枝指著一叢植物。

「而且啊，野豬很愛吃這個喔……」

就在這時，急促的腳步聲從溪邊傳來。

「我抓到魚了！」庫勒思興奮地從草叢後冒出來，將手裡的竹籠拿給嵐音看，只見籠內有幾條還在彈跳的溪魚。

「好厲害！你晚上想吃烤魚還是魚湯？」

受到嵐音稱讚，庫勒思一臉得意，正打算回答時身旁卻傳來怒喝聲。

「庫勒思！」

安紐瞪大眼睛，手中的樹枝指向庫勒思的腳下。

「你踩到小溪旁邊的菜蕨了，你到底會不會走路？」

庫勒思一愣，這才注意到自己濕淋淋的腳掌上還黏著菜蕨的葉片，那是他們常吃的野菜。

「我、我不是故意的……」

「決定了！被你踩爛的那些就當你的晚餐！」

「咦？不要！我抓到魚了，我要吃烤魚！」庫勒思大聲反駁。

嵐音正要開口安撫，剛往前走了一步，卻突然察覺到了什麼。

她停下腳步，轉頭望向森林邊緣。

有一道視線靜靜落在她身上。

她愣住了，目光與那人對上。

是阿帝斯。

嵐音還來不及反應，那道身影便已快步奔來。

他飛快的腳步捲起落葉，轉眼間就來到嵐音面前，他毫不猶豫地一把將嵐音拉進懷裡，雙臂將她緊緊地摟住。

「我遲到了。」他低沉的聲音，略微顫抖著。

嵐音先是愣了一下，接著也回抱住他，兩人的身體緊貼著彼此，互相感受到對方的心跳。

「沒關係，我沒事了……姬薩兒幫了我，所以我不會再突然變老……她說我還能再活很久很久……」她輕聲回應，聲音裡有淡淡的鼻音。

但過了一會，她突然想起一件事，於是鬆開了阿帝斯的懷抱，抬起手，摸了摸自己的白髮。

「只是……我的頭髮還是白的，好像變不回來了。」

「沒關係，等到幾十年後，我的頭髮也變白了，那不就和妳一樣了嗎？」

嵐音聽見阿帝斯笑著這麼說，一時間說不出話來，只是看著他，眼眶不知不覺紅了。

尾聲·曙光

伊亞司醒來的時候，天色仍然晦暗，家屋外的世界靜得只剩下風的聲音。他慢慢起身，動作輕緩，不願吵醒睡在另一張藤床的孩子們。

火堆早已熄滅，只剩幾顆灰白的炭塊，但並不覺得冷，他走出家屋，空氣中帶著海風的氣味，遠方的天空泛著黎明來臨前，模糊的蒼藍色。

草地的朝露未乾，他往海岸走去，這是一年來的習慣，就像是一種被身體記住的儀式，沒有人叫他這麼做，也沒有人問他爲什麼每天都這麼早就去海岸，但也許只是他們的體貼罷了。

他的心裡有無法放下的東西。

「噫——」

細微的叫聲從灌木叢傳來，伊亞司停下腳步，回頭看去，一對黑亮的眼睛正注視著他。是那隻黃喉貂，體型比去年大了一些，在姬薩兒召喚回太陽，打倒惡靈卡喇赫後，倖存下來的牠便時不時出現在部落附近，尤其是伊亞司早上出門時，牠總會悄悄跟著。

大概是因爲身上的氣味吧……

伊亞司嘆了口氣，蹲下身。

「你又來了，跟著我幹什麼？我又不會給你蜂蜜。」

黃喉貂沒有動，只是歪了歪頭。

「你這樣在部落附近晃來晃去的，不怕哪天變成火堆上的烤肉嗎？」

聽見伊亞司的威脅，黃喉貂舔了舔前爪，彷彿毫不在意。

「快回山林裡吧，別再跟著我了。」

伊亞司站起來，繼續往海邊走去，黃喉貂停頓了一下，最後還是轉身鑽回草叢。

海岸就在不遠處，當伊亞司踏上海岸那一片被潮水反覆沖刷的礫石時，天空的顏色已經漸漸明亮起來，海浪拍打著岸邊，應和著他的心跳。

佇立在岸邊的一棵樹下，他望著海面，那一段時光無比短暫，卻爲何會留下這麼多的記憶呢？

但那個聲音，那一道光柱──他一閉上眼，就會出現。

伊亞司開始小聲地歌唱，聲音低沉、緩慢，歌中並無歌詞，亦非無意義地哼唱，只是任何詞彙都無法傳達他心中的情感，於是他回想著母親與姬薩兒還有嵐音曾經吟唱的曲調，那是一種更加古老，在人類尚未知曉言語前所使用，有如風與大海的聲響。

他不知道自己唱了多久，但他總會一直唱到第一道曙光從海平面緩緩露出時才會停歇。

樹木的枝葉沙沙作響，回應著他的歌唱。

他轉身，準備回部落。

山丘的斜坡上，家屋一間間矗立著，這裡是朝光部落，但並不完全是過去的那個部落。

他們來到朝光部落後，正式將姬薩兒下葬了，儀式由海境與巨石兩個部落的祭司共同舉行，她的身體被放在半剖的巨大陶甕中，長老們說那叫作甕棺，是北方部落的習俗，甕棺雖然大得可以裝下一個人，但卻意外地輕，輕到伊亞司單手就能拿起。

伊亞司親手為姬薩兒蓋上甕棺的上半部，那一天是他第一次也是最後一次看見她的臉龐。

葬禮結束，嵐音提出由海境部落收養朝光部落孩童的提議，雖然這是姬薩兒的囑託，但伊亞司無論如何都無法認同，他提出重建朝光部落的提議，並自願在忙完母親葬禮後，回到朝光部落幫忙。

就算重建了，也可能只是一個容易受人欺負的小部落，此後的生存極為艱辛。

但無論這條路多麼困難，伊亞司都想要努力試試看。

他不願意朝光部落如同緣溪部落以及其他十幾個部落一樣成為廢墟，家屋頹敗，祖靈無人祭祀。

況且，即使是最危險的時刻，安紐帶領的孩子們也沒有放棄，那就更不應該在災難過後強迫他們離開。

不少人認同伊亞司的想法，最後嵐音也勉強答應了，於是海境部落和巨石部落都各自分派了一些人手協助。

「……如果是伊亞司的話，姬薩兒也會同意吧……」

臨走之前，伊亞司還聽見嵐音在這麼嘟囔著。

卡喇赫奪走了太多生命，留下來幫忙的人——有些是爲了悼念，有些是爲了承諾，而伊亞司自己，則是爲了記憶。

炊煙升起，孩子們的笑聲從家屋內傳出。

「你回來啦。」

說話的是同屬巨石部落的年輕女人，名叫亞沁，年約二十歲，和她的丈夫一起留在這裡，她負責教孩子們織布。

伊亞司點點頭。

「今天天氣不錯，海境的枇亞和我會帶孩子們去南邊的林地練習設陷阱。」

「這樣啊，那我順便跟著一起去採些草藥好了。」

「我知道了。」

他回到家屋，蜷縮在藤床角落的安紐和庫勒思還在熟睡，但兩人睡相糟透了，蓋在他們身上的兩張鹿皮被捲成一團，只蓋住兩人的小腿。

他走過去，把鹿皮掀起，掛到竹架上。

「起床了！太陽都出來了。」

安紐睜開眼，打了一個呵欠，揉了揉眼睛。

早餐過後，幾個孩子帶著竹弓和石矛，跟著大人們往南方的林地出發，庫勒思走在隊伍前頭，雖然年紀還小，但他學得很快，動作也比同齡人更加敏捷。

來到林地，伊亞司從觀察獸徑開始教起，在森林中撐過了三年的孩子們學得很快，馬上就進入設置陷阱的階段了。

伊亞司想找人幫忙，轉頭卻看到本來要一起教孩子們設陷阱的枇亞，偷偷在一旁的水邊練習投網。

上回阿帝斯一行人來，結果最快捕到魚的是帕樂絲，連伊亞司都被她嚇得目瞪口呆，他從沒看過有人第一次投網就能捕到魚，第二個學會的是霧顏，後來的幾天，這兩個人每天都拎著一整籃的魚去給無論怎麼投，網子卻都張不開的阿帝斯和枇亞看，氣得阿帝斯拿出弓箭射魚，但射了好幾箭卻只射中一條，反而又被取笑了一次。

嵐音沒有參與投網，她比上次見面時長高了不少，快接近帕樂絲的耳朵了，她和伊亞司聊了許多她對樹木唱歌所得到的回應。

下一次收穫祭結束，伊亞司要和阿帝斯一起前往深谷部落交易玉石，畢竟他把巨石部落的事全都丟給了姊姊，肩負起交易玉石的責任也是應該的，更何況朝光部落也需要玉石，這裡的玉石耳飾和海境部落的玉石耳飾有些相似，形狀爲几形，看起來像是站立的兩隻腳，只是朝光部落的耳飾兩側各自多了一處凸起，也更圓潤些。

耳飾之所以會相似，可能是很久以前曾與海境部落交流的影響吧，而交流一直都會帶來改變。

改變的好壞是未知的，但人類一生都要在變動中做出選擇，並勇敢地承受後果。

伊亞司回想起自己離開時，谷菈絲拚命抱怨卻又一臉無奈的模樣，臉上不禁泛起笑意。

樹木的枝葉顫動，幾片枯葉被風捲起，落在伊亞司頭上，像極了母親愛開的玩笑。

陽光灑落在孩子們稚嫩的臉上，他們奔跑、大笑，在這片土地上繼續活著，而伊亞司就在他們的身後，靜靜地守護。

明天，伊亞司依然會去海岸，風陪伴著他，而那名化爲光的少女將會一直存在於他的歌聲之中。

後記

以奇幻故事作爲串起史前文化的線

葛葉

感謝國立臺灣史前文化博物館與葉長庚博士所提供的資料與幫助，這本小說才得以完成。

感謝我的家人們，特別是回來幫忙的大姑和能夠把自己功課和生活起居搞定好的小朋友們，雖然你們幾個有時候很煩，但大多數時間都挺可愛的。

感謝蓋亞的總編，在我拖稿時所展現的寬大胸襟。

感謝我老公，這本書能寫完都是因爲你的幫助。

感謝 Nofi 老師，你的圖畫完整了這個故事。

感謝力推前作的作家與奇幻同好，以及讀者們，有你們的肯定，我才能夠鼓起勇氣繼續這個系列。

感謝我的朋友們。

《風暴之子2：召喚曙光的少女》和前作《風暴之子：失落的臺灣古文明》一樣，都是以出土的考古遺留資料作爲發想的奇幻小說，故事和人物雖然虛構，但作爲故事發想的史前器物都是眞實存在的。

雖然已經有了前作所建構的世界觀作爲基礎，但這次的寫作依舊是個巨大的挑戰，甚至更加艱辛。

前作故事的發想來自於卑南遺址的人獸形玉玦，而這次故事的發想則源於長光遺址的岩棺和墓葬。

在故事中被稱爲祭岩的岩棺，雖然有「棺」這個字，但實際上並沒有證據證明它與埋葬死者有關，因爲設有引流孔，考古學家們也曾懷疑過其用來儲水或屠宰的可能，而阿美族則有用岩棺舉行祈雨儀式的說法。

直至今日，我們仍無法知道製造岩棺的眞正目的。

而長光遺址出土的墓葬，除了使用巨大陶甕的甕棺葬，還有以石板棺爲主的墓園，在史前博物館的展覽中，可以看見墓園以礫石排列，並有大量陶器陪葬，陶器內盛裝玉器、小石器和陶紡輪；除此之外，更有數個陶罐內裝有人類頭骨，人頭戴有玉耳飾。

「無首者」和遠古惡靈卡喇赫的「祭壇」就是由此而生，但在故事中，它們本來並非邪惡的用途，只是到了卡喇赫的手中，任何器物皆可爲惡。

而這也是故事中所說的，人類可以選擇，但必須承擔選擇所導致的後果，沒有人可以置身事外。

這次我也重回臺東，在葉長庚大哥的帶領下，參觀更新後的史前館康樂本館展覽，還有遺址公園，以及都蘭遺址與縱谷，甚至前往卑南大溪，探索曾經的採石場。

葉長庚大哥的解說依舊犀利，在康樂本館幫我解答疑問的過程中，不知不覺身後跟著的人也越來越多，直到關館後才肯散去，讓管理員也驚訝得目瞪口呆。

卑南大溪的風極爲強勁，而縱谷的陽光穿透雲隙的景象，則成了故事的結尾。

一如前作，我在寫這本書時，是希望寫出一個小學高年級就能夠閱讀，而大學生看了也不會覺得幼稚的故事。

我希望《風暴之子2：召喚曙光的少女》的故事可以作爲一條繩索，連結起對這些史前文化與器物的好奇心與想像，進而讓人爲其創作更多有趣的故事。

在前作出版的座談會結束後，我曾在個人專頁上寫下這段文字——

寫這本書，我也用盡了全力，我知道完成的作品不可能讓所有人都滿意，離完美也有非常大一段距離。

但《風暴之子》這一系列的書，是我一直想要寫的「奇幻小說」，更重要的是，這本書是我眞正得以用來通往「海境」這個世界的鑰匙。

J.R.R. 托爾金有「中土世界」，喬治 .R.R. 馬丁有「維斯特洛」。

而我有「海境」。

與上面兩者相比當然微不足道，但海境是我發現的奇幻世界，一個擁有風暴、祖靈、玉器的世界，而這個世界，仍然有無限的可能。

而在《風暴之子2：召喚曙光的少女》完成之後，我也同時得到了通往「朝光」的鑰匙，這是塊經歷劫難之地，但依然存續，他們頑強地活著，迎接日出，讓風傳遞著他們的歌唱。

在太陽的照耀下，這塊他們容身立足的土地，仍然擁有無限的可能。

——二〇二五年八月六日

風暴之子

2

ST046

風暴之子2
召喚曙光的少女

作　　者　葛葉
插　　畫　Nofi
封面裝幀　莊謹銘

指導單位　文化部
企劃單位　國立臺灣史前文化博物館
企劃執行　李易蓁、王仲群、田詩涵
　　　　　地址：950263 臺東縣臺東市豐田里博物館路1號
　　　　　電話：089-381-166　　傳真：089-381-199
　　　　　網址：http://www.nmp.gov.tw
責任編輯　孫中文
總 編 輯　沈育如
發 行 人　陳常智
出 版 社　蓋亞文化有限公司
　　　　　地址：103017臺北市大同區承德路二段75巷35號1樓
　　　　　電話：02-2558-5438　　傳真：02-2558-5439
　　　　　電子信箱：gaea@gaeabooks.com.tw
　　　　　投稿信箱：editor@gaeabooks.com.tw
　　　　　郵撥帳號 19769541　戶名：蓋亞文化有限公司
法律顧問　宇達經貿法律事務所
總 經 銷　聯合發行股份有限公司
　　　　　地址：231028新北市新店區寶橋路235巷6弄6號2樓
　　　　　電話：02-2917-8022　　傳真：02-2915-6275
港澳地區　一代匯集
　　　　　地址：九龍旺角塘尾道64號龍駒企業大廈10樓B&D室
　　　　　電話：+852-2783-8102　　傳真：+852-2396-0050

初版一刷　2025年 9月
定　　價　新台幣 320 元
Published and printed in Taiwan

國家圖書館出版品預行編目資料

風暴之子2 召喚曙光的少女 / 葛葉著.── 初版.── 臺北市：蓋亞文化，2025.09 面；　公分.──（ST046）
ISBN　978-626-384-236-6

863.57　　114011380

ISBN 978-626-384-236-6

GAEA

GAEA